图书在版编目（CIP）数据

小说逸语 ：钱锺书《围城》九段 / 栾贵明著 . -- 北京 ：新世界出版社，2018.1（2019.1 重印）
ISBN 978-7-5104-5622-0

Ⅰ. ①小… Ⅱ. ①栾… Ⅲ. ①长篇小说－小说研究－中国－当代 Ⅳ. ① I207.425

中国版本图书馆 CIP 数据核字（2017）第 311104 号

小说逸语 钱锺书《围城》九段

作　　者：栾贵明
责任编辑：张世林
封面设计：贺玉婷
责任印制：王宝根　苏爱玲
出版发行：新世界出版社
社　　址：北京市西城区百万庄大街 24 号（100037）
发 行 部：（010）6899 5968　（010）6899 8705（传真）
总 编 室：（010）6899 5424　（010）6832 6679（传真）
网　　址：http://www.nwp.cn
http://www.nwp.com.cn
版 权 部：+8610 6899 6306
版权电邮：nwpcd@sina.com
印　　刷：三河市嘉科万达彩色印刷有限公司
经　　销：新华书店
开　　本：787mm×1092mm　1/32
字　　数：70 千字　　印张：5
版　　次：2018 年 1 月第 1 版　2019 年 1 月第 2 次印刷
印　　数：5001-8000 册
书　　号：ISBN 978-7-5104-5622-0
定　　价：39.00 元

钱锺书先生
（邓伟 摄）

钱锺书先生(1930 年代)

钱锺书先生(1940 年代)

钱锺书先生(1970年代)

钱锺书先生(1990 年代)

钱锺书先生与栾贵明先生合影

钱锺书先生与栾贵明先生、纪红先生合影
（田奕摄于 1991 年）

目　录

开头

我已写好《大书出世——钱锺书〈管锥编〉真相》，记述大书《管锥编》如何走来人间。我心知肚明，一旦涉及钱锺书的著作，绝不可能跨越声名日隆的小说《围城》。我曾对钱先生有诺在先，但又有先生命我笔记之嘱在后，故择可道者简约书之，名曰《小说逸语》，以视听异趣应对，亦为通融之举也。

三十余年来追随钱锺书先生，先生从不长篇大论演讲《围城》，但我有机会听到作者自己的偶尔辩辞。说者漫心随意，在下留神注重，谈笑聚沙成塔，记载颇丰，竟意外地补足了我的生不逢时。1945 年春，钱先生送别敬重的长辈徐森玉去四川，有“话别”诗云：“送远自崖返，登高隔陇看。围城轻托命，转赚祝平安。”说轻，不轻，《围城》可以“托命”，恰恰道出正处于《围城》创作期的分量。据此可证，关于作家自己作品的画外音并不可等闲视之。在那些有如碎琼乱玉的零言杂语里，往往包含着小说“主题”及“写作方法”等要件，大多又是文学研究者和读者所不解、所关切之问。鄙人不敢得而专有，早当贡献研究参考也。今奉呈“九段”之论，则不宜先入为主，效曹氏友人夸赞钱锺书诗句“读尽人间未见书”，一切看后再议。特予申明。

谈论《围城》的话题，需要紧扣文本，以便充分展示其文学本质，才能使我们读懂这部有些特殊性的作品。行文直引精文妙语，读者应该不会嫌其重复，尚可免除翻检原书之累。重读的享受，定能汇集读者最公允的评论。

钱先生自己说起《围城》，有两句普通话，令我琢磨多年，念想不忘。

第一句说，《围城》是他“一个字一个字写出来的”；第二句是，“我三十多岁写小说《围城》，想用小说原本技巧，打败小说。”

我多次听到过他用不同的语气说这两句话，比如“《围城》的字”“小说打倒小说”等，都是压缩版本。说这些话时，让听者有时觉得他是在回忆，有的又好像在对比，还有似乎带着淡淡的自得。当然，多数人会以为那是一种谦逊之语，甚至干脆就是搪塞敷衍之辞。20世纪80年代初，在台湾与大陆间隔三十多年后，《围城》先后再度在两岸面世。我仔细地读过数次之后，终于明白，那是两句实实在在的真话。

先让我们说第一句。《围城》文本形成工序，与先生教人写文章的方法一致，包括一选字、二构词、三引语、四造句、五成章诸步骤，《围城》显然是用极其精致的手工一字字编织而成。

一、选字和构词

既然钱先生说到“字”，让我们就从“字”说起。

据统计，《围城》共使用不重复的汉字3317个。只就使用汉字数论，多于唐朝因用字冷僻被戏称为“诗鬼”李贺的2629字，而和李白的3373字、杜牧的3130字相当。比起我国1993年8月1日公布的《扫除文盲工作条例》第七条规定：“个人脱盲的标准是：农民识一千五百字，企业和事业单位职工、城镇居民识两千个汉字。”标准，被早出的《围城》超出许多。谁也不能说农民不能读《围城》，只是少有罢了；至于要读懂读通，似乎不止和认识汉字的总数相关，所以不必把起点定高。一目十行不可取，还是一字一句来读吧。

新世纪第一年第一个月，北京三联书店出版了繁体字版的《围城》，而没有采取一个全集使用繁简两种字体的方式，保存了从字探索《围城》文本的可能。

话说方鸿渐同事张吉民，有位“不惜工本”养育十八年的独生女儿，他相中鸿渐做女婿，邀赴张府候选。经过充分的家境、资历调查分析，女方都很满意。可是方少爷心中另有所属，不得不应付舆情和金主周行长小算盘，于是作者先为其预设了计划“购买皮大衣”“看古董估值”两件事；而后与小姐相见，才弄明白她好似名叫“你我他”。钱先生顺手为考据家留下一个无解难题的同时，书架上放一本烫金题《怎样获得丈夫而且守住他》的蓝色封面小书。经一连串铺平垫稳之后，饭桌一坐，鸿渐有了表演计较斤两机会，以求为对方制造出自己被拒的理由，从而构成双方都可接受的结论：他们“没有‘举碗齐眉’的缘分”。（52页。本文所注页数，均见2001年三联本《围城》，以下不再注出版本）

选一个“碗”字，引申为饭碗，一字扭转了“举案齐眉”的庄雅风致，从内心算计到形式逻辑均予以妥帖安置，构成幽默的冷喜剧艺术境界。钱锺书先生在这里一举推翻了语言学家把成语定义为“定型词组或短句”的主观构想（请参见印刷了五百多次的《现代汉语词典》，第六版166页）。作者选字之苦心可见一斑。

其他字如“阿福不顾坟起的脸”（204页）的“坟”字；“嫩阴天”（75 页）的“嫩”字；“万目睽睽”（64页）的“万”字，都是作者精心立足“形”“音”“义”三要素——炼出汉字的例子。事实证明，钱氏炼字高难度，往往表现在普通字里，很少请冷僻字帮忙。

钱先生一直认为，用中文做文章，一定要以字为基本单位，再一字一句地构成大块文章。只有字字仔细推敲，才能把文章写得生龙活虎。外国语文则完全不同，它是以词为单位，根本没有字这层台阶。如果我们从今而后，为文一定要以词典上能查得到的词汇为限，肯定算不上好文章。一切《汉语词典》均是《汉语字典》的下游。实际上为了补救“词典”先天缺欠，将其称作“字词典”较为妥当，但为实现商业利益和传统认识，出版商是不会答应的。

钱锺书先生有一个著名学术结论，他说：写文章做诗“讲究‘炼字’，是一个悠久的传统。”他同时引黄庭坚所说“安排一字有神”，卢延让诗“吟安一个字，拈断数茎须”，无名氏诗“一个字未稳，数宵心不闲”等（见《钱锺书论学文选》第 4 册 386 页）。“一个字一个字写出来的”，大约只有钱锺书说到做到。当然，他也经常指出许多“一个字”也害人不浅。比如一个“的”字，文言中只有“目标”一解，无其他用处。白话一兴，白勺的，诗文里漫天飞舞全是“的”，连歌词都已泛滥成灾，可不能轻视它的能量。

文化是国家产生、成长和发展、繁盛的关键性元素。其他条件还有自然环境、历史传统、政治沿革、民族习俗、宗教信仰等，他们和文化同样重要。而语言和文字则是文化里可闻可见之核心纽带。钱锺书先生认为，如果有人企图消灭一个国家，分裂一个民族，其基本方法之一便是毁坏消融其文化。特别需要针对那些精彩表达的繁复方式，用趋易和拯救为诱饵，饰以进步、改革直至革命名义，予以阉割甚至扼杀。而巩固、发展文化只能依赖文化自身。一个字，一节音，就是文化基因。钱先生说：“字斟句酌，《围城》初稿完成，日本投降，《文艺复兴》主编郑振铎、李健吾抢着发表，大家都高兴。”

《围城》作者在精到选字之后，便展示着种种绝妙构词。

我们翻开《围城》的首页，令人耳目一新的词儿扑面而来：开驶、红消醉醒、睡人、兵戈之象、湿意、坐立、炎风、盐霜、晒萎、烘懒（以上1页）。我们再向下随意翻检：远到之器（10 页）、极边尽限、冒昧越分（以上93页）、朝参（98页）、恩意（118页）、遮饰（119 页）、显敞（272 页）。以上共十七条，可作为我们随机所选例词。

汉语词以字为基础,构词成型既相对稳定而又非常随适，中文的构词异化现象应视为通例。人类的思想如果反被旧有词汇禁锢，便会妨碍文化进步和发展。

记得20世纪60年代在下放到学部干校之初，一次我曾亲见丁声树和钱锺书先生一起烧小锅炉，我还奇怪，原来负责烧火的军头吴晓铃先生，不知那天怎么不在位，顶工替班者竟成了丁先生。丁钱二位先生配合十分默契，蹲在那里一边劳作，一边探讨问题，交谈得非常欢畅，恰好一幅凄美的画图。他们似乎并不理会泄漏的煤烟和乱倒的剩水，小锅炉是一块“福地”，离开了，便会有严格的“纪律”，还有许多凶猛的批判和不屑的鄙夷。我虽身强力壮，却不能帮他们提上一桶水，倾倒一筐煤灰，只剩下揩油旁听的专利权。原因是我戴着一顶“等候从严”的帽子。当时，干校茶炉棚小，茶炉也小，水要一桶桶加，烧水技术需要一步步熟练。打开水者随来随往，行驻不一，舆论自然起起落落，压力和温情并存，绝不同于大小批斗会，曾有一位中年“五七”战士为此还写诗赞颂。天气逐渐大冷，此前数天为节省煤炭，领导决定开始要挑拣煤渣，由钱先生担纲。不料先生一上场，赤手操作，手指血流，惨不忍睹。我看着那座煤渣小山，忍不住帮忙，先生却坚拒不允。我只能求其次，立刻到行李中找来皮手套，先生不要，便强迫他戴上，并说，“不听话，我真要胡闹了。”二位先生还曾为“胡闹”一词的古往今来讨论过一番，非常精彩。后来我采取“脚踩法”，很不容易被人发现违纪，后来先生只拣不敲，也省了一点力气。

先生们谈论多涉《现代汉语词典》的编纂体例和例句问题。钱先生曾明确说过以下两点：第一点，汉语不应追随西语，汉语词汇是无尽的，灵活使用汉字是基本功，编词典只能显示“过去”和“他人”，不能限止“将来”和“自己”。第二点，所谓“词典”只是用字组成词汇偶然的结果，形式一定经常会被修订，在词典上应该表明更改内容及修正人姓名，以示源流及责任。

在“文革”结束之后，《现代汉语词典》正式出版，我从未见钱先生使用过。但有一次钱先生突然向我说，《现代汉语词典》开始署名了，为什么没有丁声树先生？你为什么不去作证啦？不久我见到语言所单耀海先生，向他转述了钱先生的意见，单先生答应下次付印时一定不会忘记丁先生。后来，果真以单页形式置丁先生于吕叔湘先生名下了。单先生送一本样书，命我转呈钱先生，先生命我留下，夸赞了单先生。

现在，我们把上列随机由《围城》起始页抽出的十七个词，一一查检目前在法庭上多次引以为证的《现代汉语词典》，结果除“盐霜”涉及“化工”词类之外，尚有“坐立”和“冒昧”二词与《围城》词仅“局部”相同，就辞典来说算不上查到。因此可以做出结论：有十六个词没有查到，命中仅有百分之五。当然谁也不会说《围城》违法，只能说明“现代词学”尚需深入研究。而汉语理论水平，对现代科技，特别是对电脑中文理解所推动的人工知能项目至关重要。这里我应该开一个小差，“人工智能”词一出现，钱先生问我，为什么用“智”字，那是人所独有的呀，机械发展，有时能力过人，完全可能。但万不会达到使用“智”字的水平，如果说“智”已实现，就是吹牛。吹牛是人性，机械就玩不来。先生在评价推介“中国古典数字工程”时就用“知”字，后来别人误会，还特意让我写文替先生澄清。

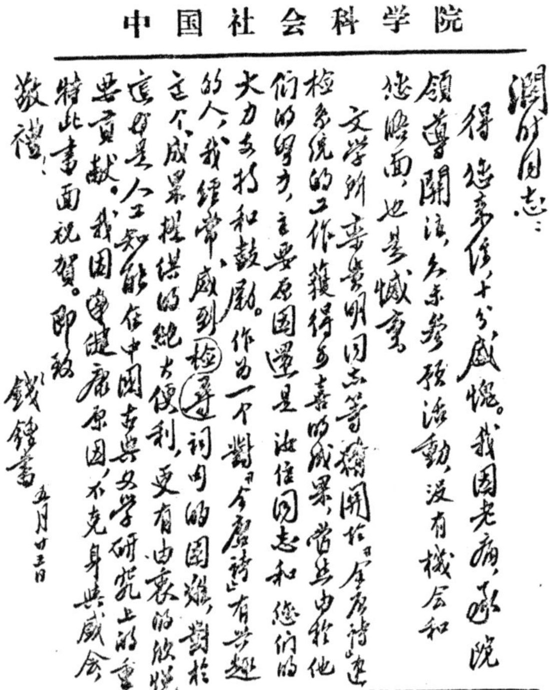
中国社会科学院

润时同志：
得您来信，十分感愧。我因老病，承院领导关注，久未参预活动，没有机会和您晤面，也甚憾惜。
文学所栾贵明同志等研开“全唐诗”速检系统的工作获得可喜的成果，当然由于他们的努力，主要原因还是诸位同志和您们的大力支持和鼓励。作为一个对“全唐诗”有些熟悉的人，我经常感到“检寻”词句的困难，对于这个成果提供的绝大便利，更有由衷的欣悦。这也是“人工知能”在中国古典文学研究上的重要贡献。我因健康原因，不克身与盛会，特此书面祝贺。即致
敬礼！
钱锺书 五月廿三日

钱锺书致社科院副秘书长杨润时的信

其中有一段:

> 作为一个对《全唐诗》有兴趣的人,我经常感到寻检词句的困难,对于这个成果提供的绝大便利,更有由衷的欣悦。这是人工知能在中国古典文学研究上的重要贡献。

下面还让我们再说几句字和词相关的题外话。经验告诉我们“现代词学”不能高居于“汉语字学”之上。不知有字,哪儿有词。词既广博又灵动,绝不如使用汉字深邃而稳定。多年来,词典兴,字典衰,表明着学界、商界共同看法。照此下去,新科技人工知能还必须走西文洋路,做二等公民,低头花银子,想开了也习惯,算不得事。问题是我们放弃汉字所独有的无与伦比的理解力,太可惜了。钱锺书在这一点上为中国做出榜样。现在照样走,不算晚。百分之五这个事实说明,使用《词典》写小说,似乎写不出先生那样的作品。换个说法:“假设钱先生使用《词典》,会把《围城》写得更好”,恐怕没有读者会支持这个有违常识的说法。

我们知道，创造一个词，应该说是一件不容易的事情。小说《围城》中，起码有三个重量级词汇是应记在钱先生功劳簿上的，或有直接关系。

首先该是“电视”一词。在《围城》中，电话一词使用八十三次，汽车六十四次，电报三十二次，电影二十二次，还有电车、电灯、火车、冰箱，全部应属于作者不熟悉的对象。而“电视”一词出现过两次。它出现得既不平也不凡，故作者在小说《围城》中，不惜笔墨，让主人公方鸿渐出场详细描述其词意：

> 方鸿渐说“还有电话来,真讨厌！亏得‘电视’没普遍利用,否则更不得了,你在澡盆里、被窝里都有人来窥看了。教育愈普遍,而写信的人愈少；并非商业上的要务,大家还是怕写信，宁可打电话。我想这因为写信容易出丑，地位很高,讲话很体面的人往往笔动不来。可是,电话可以省掉面目可憎者的拜访，文理不通者的写信,也算是个功德无量的发明。”(80页)
>
> 方鸿渐这时候亏得通的是电话而不是电视,否则他脸上的快乐跟他声音的惶怕相映成

趣，准会使苏小姐猜疑。(95页)

两次引用，都值得我们注意，第一次用了引号把电视括起来，表明作者的严谨态度，起码有试用的意思吧。第二次便用得坦坦荡荡，毫不犹豫。今天我们读起来“电视”，特别是电视电话二者结合的描述或者干脆称为设计，从纯技术层面说，钱锺书先生的预言会令人大为震惊。谁都知道，直到约十多年后的北京，才有了中国第一台自己组装的黑白电视机面世。1946年《围城》开始在《文艺复兴》杂志上连载，那时美国可能已有“TV”一词，正等着中国人花费大额资金来享受它，但那个制造“TV”的商人决不会为可怜的中国人起一个“电视”的好名称。据一位友人称，他曾在1933年6月出版的《现代语词典》一书看到“电视术”一词，注云“见电传真”，显然是指新闻通讯的旧词更新。到了1937年6月，新亚书店所编《自然科学辞典》则认为该词和“有声电影”无异。显然《围城》作者预见到该技术一定会走进人类生活，早早将其写进小说里。

此种状况正如1984年钱锺书先生让我搭乘计算机

研究古典的远见卓识一个样。那时社科院曾为新成立的室名争论不休，钱先生赞成“电脑”这名字，但领导不同意，一切行走公文只用“计算机”称之。钱先生颇不以为然，认为“电脑”比较恰当，说它人性化，更不能因台湾采用而我们非得用“计算机”。因此随手便拿了一位客人的名片写了英文的室名，那绝不会涉及两岸有分歧的议题。但他强调“Data”（即“数据”）的重要地位，这实际上也是三十多年来我们工作的指导原则。怕犯政治错误的领导依旧不赞成，名片的原主人倒引起领导的热切关注，探问可否请钱先生向这位大客人写推荐子女的信件去英国留学。

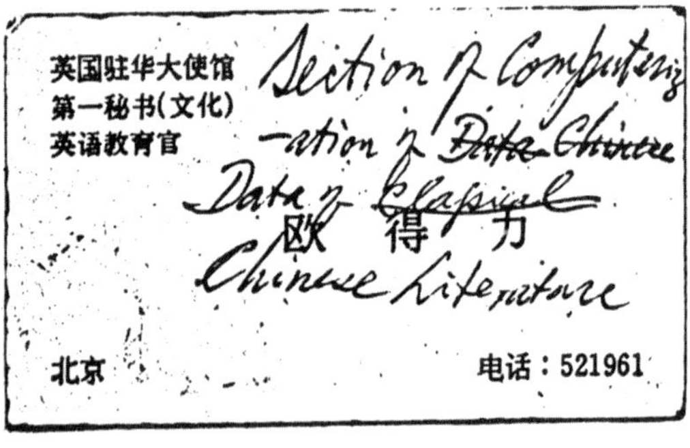

另一个被全体华人接受的词则是“围城”本身。它的著作权和专有权都毫无疑问属于钱锺书。而其词

汇的内涵和外延都不太明确，需要在《围城》中找，最通行的是用“逃出来”和“冲进去”表述，应该说是准确的文学性概括，同时充满着中华文化模糊含蓄的特征。严格来说，这一个关于这本小说的概括应限制为“出不来”和“进不去”才生动精确，完全与作者所立标题相关。《围城》一书，随着多语种译本出版，总印量已接近千万级。“围城”一词，已经真正走向了世界，它带着厚重辉煌的中国文化特质，屹立于人类文学高峰之上。

关于“围城”，作者除引用一位西人观点之外，并没作深入解释。围城按照字面逻辑推演，可以有以“围”字为中心的衍词“围家”“围墙”“围国”之类，也可以有以“城”字为中心的泛语“筑城”“守城”“攻城”，甚至可与“拆城”“迁城”似相涉。从古文字发展来说，“围城”的字义和词源，都不可能离开人类文明发展而演变。人类设计了城，人类也构筑了城，城为人所依赖——包围着自己。保护、利用、禁闭、囚困，相互辅佐制约。

“围城”一词作为一本小说之书名，用处一变，语义内涵和外延自然产生很多变化。这种变化以至于凝固过程，都属于小说作者思想劳作的成果，全部作品都为那个书名词语的塑造成型出力。

“围城”不同于“电视”，它古已有之。经查钱先生力主建设的“中国古典数字工程”的“古典库”，该词出现频率数百次之上，是一个普通的属于军事类词汇。

战国时期的《吴子应变》第五有“凡攻敌围城之道”；《商君书兵守》第十二有“此谓以生人力与客死力战，皆曰围城之患”；《墨子》卷十三有“凡守围城之法，厚以高，壕池深以广”；汉武帝刘彻《元封二年诏》有“今两将围城”；息夫躬《疏》有“卒有强弩围城，长戟指阙”；冯异《遗李轶书》有“严兵围城”，都是较早的用法。其中最早的当推《汉书》所引《孙子兵法》异文。大致从唐代开始，增新了用法，如“于围城得出”（姚思廉《梁书》卷四十一）；如“以报围城之役”（脱脱《辽史》卷八十三）；如宋吕本中《兵乱后自嬉杂诗》第二十四首：“君父围城内，忽逾三月期”；赵鼎《泊白鹭洲时辛道宗兵溃犯金陵境上金陵守不得入》其一“时时心折梦围城，南来客枕能安否”；曾敏行《独醒杂志》卷八“其人归自太原围城中”。还有径直成了一个地名，如唐人《成公夫人墓碑》“夫人姓成公，滑州围城人也”。诸多用法，并无钱先生使用之情况。事实证明最早出现的地方为“中国古典数字工程”编就“万人集”由新世界出版社正式出版的《孙子集》线装本卷一第二十页，书影如右：

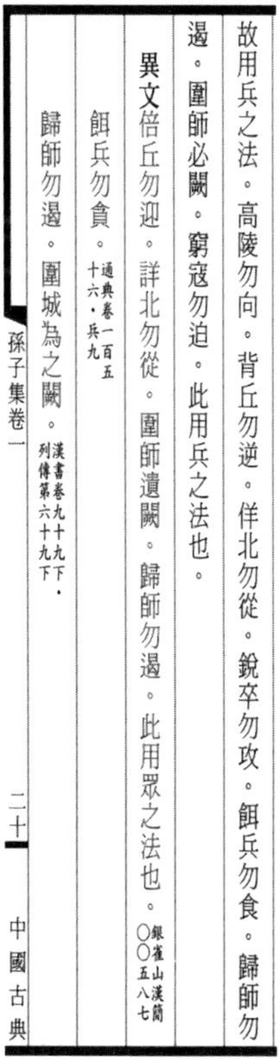
故用兵之法。高陵勿向。背丘勿逆。佯北勿從。鋭卒勿攻。餌兵勿食。歸師勿遏。圍師必闕。窮寇勿迫。此用兵之法也。

異文倍丘勿迎。詳北勿從。圍師遺闕。歸師勿遏。此用眾之法也。銀雀山漢簡〇〇五八七

餌兵勿貪。通典卷一百五十六·兵九

歸師勿遏。圍城為之闕。漢書卷九十九下·列傳第六十九下

孫子集卷一　二十　中國古典

新世界出版社出版《孙子集》书影

《围城》被钱先生选作小说书名，充分展示着人类文化繁花似锦以及令人迷茫、无奈和混沌的现实。它既能让人平静安心，同时又令人痛苦郁闷。它能使大家习以为常，又会在顷刻间令人狂怒不已，甚至以死相争。《围城》展现在表面淡雅里的幽默，而内心却掩饰着不可抑制的懑怨。

钱先生下手轻轻的两个字，按作者的本意，推演到那本小说最后二十一字钢铁般的定义上：

“包含对人生的讽刺和感伤，深于一切语言，一切啼笑。”——围城。显然，不是一个小的词汇，更不只是个小说的题目。它会被人们永记不忘。这种词义的转换，实际上比起创造一个词汇的难度更大。我们已经大致证明一个起点和新定义词语的确立，绝非凡人所能为。

据我所知，出现在三联版396页的“精神文明”一词，钱锺书也担得起超前使用的地位。20世纪80年代中期，国家曾组织外文局等外事部门讨论此词的译法，曾邀钱先生参加。始料不及，他反对正面的使用该词。会后我曾向他说起，这个词在《围城》中有。他说：“我知道，那正是不能正面使用的例证。”方鸿渐和孙柔嘉吵架，方鸿渐“不用刀子、绳子、砒霜，而用抽象的气，这是不是精神文明？”编造的罪名，孙柔嘉并不会害怕，一个词，既便是一个看似出奇的新词，能有什么用？文明嘛，都是精神的，和“气”怎么能分，又怎么能构成修饰和限制关系？钱先生反复多次指出：我们搞乱了，很像方鸿渐，让外人笑话啊。当然了，他的意见不会被接受。面对此词特殊复杂的状况，所以钱先生破例出席了这次会议。当时我国专家主张使用“spiritual civilization”译法，钱先生对此一直首肯，但外国专家李敦白主张使用另一译法，“spiritual song”。据说在会议当场，钱先生引用了为李先生授业解惑的老师的著作，致使友人敦白先生哑口。但该词作为口号推行了，如果再配合上不妥的英文译法，就会错上加错。钱先生的科学论辩和理论阐述，一个“精神文明”，涉及多个学科，既有文化、宗教，又与语言和政治有关。那次讨论会给专家和官员留下极为生动的印象和传说。谁都知道，有关钱先生传说，不管简单和复杂的事，总会变成各种样式的谈资，甚至矛盾重重。钱先生听说，一笑：“亏我早写《围城》。”

如果我们穷其一生创造一个词，能让全中国全世界接受并使用，可以说那位人士未曾虚度一生。何况两个三个或者更多，显然难上加难。顺便再记下一件和造词有关的事。钱锺书先生曾赞成为电脑文本起名“电书（telebook）”，并为九十年代初新成立的“中国社会科学院计算机室”的产品英文命名，无上荣耀之至。现在可以无需任何理由，在中国社会科学院称计算机也好，称电脑也好，甚至正确认识它们的基石是“data——数据”也好，反正所有关于computer的新概念新词汇已在钱先生生前都被从社科院撤销了。

钱先生更不为人们所知的一项有关“技术秘密”却是：八十年代之后，自从制造出压电晶体后，有了新式打火机，我们逐渐已不再使用火柴，那时，他方才学会划火柴以点燃煤气灶，我跟着杨绛先生为此还高兴好一阵呢。这条“技术秘密”可能一度成为我们伪拟钱先生倡导电脑古文献学的证据。堂堂中国社会科学院总有几个人会说，“啊，他连火柴都不会用，怎么懂电脑？”好在钱先生有关电脑的许多真知灼见，公开发表在他过世的1998年12月之前，可以说铁证如山，是任何人也无法否认的事实。

钱锺书的构词非常精妙，从不会造成阅读困难，随时间推进也不会造成曲解，很值得深入研究归纳。钱锺书的构词方式和风格证明伟大的中华汉字文化是不熄之火，热度灼人，照亮世界。

二、引语

《围城》作者在选字、构词之后，按照钱先生自己叙述的顺序，应该分析一下“引语”的问题。他所谓的“引语”实为“引用之语”，这其中包括人名、地名、书名，还有成语、谚语、歇后语、他人诗文之语等。其中最让人关注的是所谓“成语”。他经常说“成语”或典故之类，定义不确。他从来不同意成语和典故稳定凝固的结论。认为把成语之类归为“正”和“反”，甚至“褒”、“贬”和“中”三类，都是不懂为文为诗的说法。这些人为的“定律”与汉语的实际完全不符。他经常会比喻地说，“字典”“词典”之后，应该编辑“语典”，而不应该编那些认为固化不变的《成语词典》，只应出“语典”才和汉语相当，一定要改变错误的观点。不能在学生中宣传那些错误语法常识，更不能对可怜的学生采取强行扣分的无理行为，语文课本上规范的成语，往往被古代经典打得粉碎。中文经典显然不支持汉语文的规范，经典不经，反倒站在学生一边，因为规范和规则多数源自成见。成见的“成”只能算一种相对的判断，并非绝断。钱先生和经典一个样，一心只支持学生。但这条常识至今还没有被充分认识，完全合格的“语典”也没有一本出版，错误规则并没有改正。正式试卷和很多娱乐节目，还在藉此无理训导、荒谬扣分，甚至还在离谱地嘲笑着年轻学人。从钱先生健在时开始，我的一位聪敏的同事裴公效维，依照钱先生的学术观点，在“中国古典数字工程”协助之下，通过二十余年的努力，基本完成了《中华语典》的修纂工程，它将作为语文应用研究的重大成果面世。

在《围城》和钱著中，关于“语”的引用，特别是所谓成语和歇后语使用相对较少。偶尔使用的时候，都表现出灵活性。比如在《围城》第一章中的“故乡风味”和“世界潮流”（2页），在方老太爷训子信中“千里负笈”“对镜顾影”“濡染恶习”（9页）都是准格式化而又有特殊风格的常用语汇，而关于“东方大学”“东美合众国大学”“联合大学”“真理大学”（13页）等半真不假的称谓，则完全成了嬉戏之语。

《围城》作者在小说、论文或散文中，从来不习惯使用限制性大的语汇，比如“结为秦晋”（371页）这个特别有名的“成语”，便是在顺用前题下，加上反其意扭转使用的。他公开说，历史事实证明，用“秦晋”描绘婚姻，有好希望一面，也有坏事实一面，借《围城》版面生动地为自己的“发现”做宣传。开拓自由文心，绝不肯受到任何限制和约束，他的诗句“毫端风虎云龙气，空外霜钟月笛音”乃是不变的目标。我们前边已说过，先生不赞成语文学者所力主的“成语”定义，他一直说“成语不成”，正如诗文中的典故一个样，可以正用，也允许反用，全视语义而定。如果需要限制正反使用，自然能增强语义学家社会存在理由，但是属性限制必然会僵化万灵通便的汉语言文字。在电脑应用过程中，我所使用科学的精确检索，充分证明了语言学所构筑的成语定义，已经被势不可挡的大数据流所推翻。

《围城》里的“引语”，多数是人名和书名。钱先生充分使用作者权力，在选取和新构语汇过程中可谓匠心独到、意象万千，更贴近文化历史。在人物命名上，为读者耳熟能详的《红楼梦》也不可与之相比，

《围城》机巧大方，胜计多多。

《围城》中人物约有七十，其中登台上场者五十七人，其姓名字号大多俱全，老父方遁翁一人竟有三种称法。未曾出场的人物包括：物理系吕老先生；从桂林来的英文系主任刘先生妹妹；历史系主任韩先生的太太；教育系主任孔先生；在《沪报》上发表外国通讯的薇蕾；接受剧作者题辞的范懿、李健吾、曹禺、林语堂、王尔恺，最后还有鹰潭题壁者许大隆和王美玉二人。

作者对中国古代的戏剧小说早已烂熟于心，精心编制和使用姓名是一个特别重要的机会。《围城》小说中大约有近二十位主要人物，他们是：方鸿渐、唐晓芙、苏鸿业、苏文纨、孙柔嘉、鲍小姐、汪太太、赵辛楣、曹元朗、顾尔谦、韩学愈、曹元真、陆子潇、李梅亭、高松年、汪处厚、董沂孙、董斜川、褚慎明等，众多人物都被冠以性格化姓名，一亮相便会让读者看出破绽，并心悦诚服。聪明作者虚虚实实，好像有意在挑逗读者探索的兴趣。执着的寻找者，不可能战胜聪慧作者。蛛丝马迹举不胜举，笔锋一转，烟消云散东流水，留下许多意味深长的联想。

一位友人曾自称“索隐”《围城》姓名大有收获，我便拿了他的成果，送到作者面前。先生对一切成文，总是乐于阅读，一目十行，立即交回，他全部已经看清，且过目不忘。然后，他笑了，说：“对不住，让他浪费很多时间，不能说不沾边际，且比《红楼梦》研究好得多了。”事实告诉我们，深谙幽默的作者在创作时，赋予每位人物姓名时，应该说是一次展示中华文化的大好时机。给新生孩子命名，与此极为相似。唯一的不同，对孩儿只能赞许和期冀，而钱先生对他所创造的人物，赋以浓郁古风今趣包裹的姓名，往往透露出冷峻和永志不忘的笑料。

我们选择上列的主要人物名单，减除姓氏，投入由钱锺书先生指导的“中国古典数字工程”雲数据计算系统运行，除“文纨”一人与“李纨”仅稍有消息互通之外，全部中的，其名谓全部可以有古人对衬。以子之矛攻子之盾，吾师之幽默才智，旷古未闻，雲数据里查而不漏，即为明证。

令人喷饭的是《围城》本身也对人名的推敲和考究做出范本，有如魔术大师一边口说“闲言碎语”，一边做动作：方鸿渐不得不去张家相亲，作者从头到尾也没道出对象的名号，反以“我你他”小姐名之，我们在本文前边已提到，但未说到作者的一番考订，什么“想来不是Anita，就是 Juani”或干脆是“Nita”，顽皮作者真能让我们一边读一边要好好笑上一阵。

作者借人物之口说，“因为‘芝麻酥糖’那现成名词，说‘酥’顺口带出了‘糖’；信口胡扯，而偏能一语道破”，闲话至此，本可以告结，但《围城》不干，笔锋一转非得说出“天下未卜先知的预言家都是这样的”。（130 页）深入考索的严肃语态，恰为读者画出快人快语的先生本人：

> 一个叫陈士屏，是欧美烟草公司的高等职员，大家唤他Z.B.，仿佛德文里“有例为证”的缩写。一个叫丁讷生，外国名字倒不是诗人Tennyson，而是海军大将Nelson，也在什么英国轮船公司做事。(50 页)
>
> 方鹏图瞧见书上说：“人家小儿要易长育，每以贱名为小名，如犬羊狗马之类”，又知道司马相如小字犬子，桓熙小字石头，范晔小字砖儿，慕容农小字恶奴，元叉小字夜叉，更有什么斑

兽、秃头、龟儿、獾郎等。(137 页)

我们据此节行文，把诸“丑称”也送入“中国古典数字工程”人名库查检，四十万古人的信息资料证实钱先生所举是实。而对钱先生留下的称谓也一一可以得到答案。“斑兽”——南朝宋战将刘湛；“秃头”——晋朝慕容拔；“龟儿”——唐白行简子；“獾郎”——宋王安石。此节完全可以作为“科学研究”论文的素材。自己把考据推到极致，是推翻幼稚、偏执考据的一条捷径。

至于书名及其作者的引用，也应属于“引语”范围。

把书名和作者写入小说，显然对自称“读书人”的作者来说，轻车熟路。先说西方从荷马到柏拉图的太米噶斯对话、《天方夜谭》、莎士比亚戏剧、画圆的吉沃士，还有方鸿渐没有读上的《白雪公主》、《木偶奇遇记》等等，应有尽有，简直可以说是一份图书目录。中文方面大致有《问字堂集》、《癸巳类稿》、《七经楼集》、《谈瀛录》、《大明会典》和《永乐大典》，《三国演义》、《水浒传》和《西游记》，博学作者在此处似乎有意忘记了另一本名气更大的小说。杂书更多：《东方杂志》《小说月报》《大中华》《妇女杂志》《西洋社会史》《原始文化》《史学丛书》《伦理学纲要》《家庭与妇女》《文化与艺术》《沪报》《文章游戏》《家庭大学丛书》，这些书籍名号似乎无一出自虚构。

作者别致地做起了图书推销摘要：

谛尔索(Tiersot)收集的法国古跳舞歌。(95页)

洛高(Fr. von Logau)所说，把刺刀磨尖当笔，蘸鲜血当墨水，写在敌人的皮肤上当纸。(参44页)

《人生从四十岁才开始》是当时流行的一本美国书籍。(237页注)

想把《镜花缘》里的奇方摘录到商务印书馆第十版的《增广校正验方新编》的空白上。遁翁见到儿子，说出自己的“学术计划”。(140页)

鲍小姐纤腰一束，正合《天方夜谭》里阿拉伯诗人所歌颂的美人条件：“身围瘦，后部重，站立的时候沉得腰肢酸痛。”长睫毛下一双欲眠似醉、含笑、带梦的大眼睛，圆满的上嘴唇好

像鼓着在跟爱人使性子。(15页)

《三国演义》里的名言:“妻子如衣服”,当然衣服也就等于妻子;他现在新添了皮外套,损失个把老婆才不放在心上呢。(53页)

方鸿渐因为赢了钱,有说有笑。饭后散坐抽烟喝咖啡,他瞧见沙发旁一个小书架,猜来都是张小姐的读物。一大堆《西风》、原文《读者文摘》之外,有原文小字白文《莎士比亚全集》《新旧约全书》《家庭布置学》翻版的《居里夫人传》《照相自修法》《我国与我民》等不朽大著,以及电影小说十几种,里面不用说有《乱世佳人》。一本小蓝书,背上金字标题道:……(51页)

故事情节被这一大堆书名和有板有眼正经提要推进着,读者在阅读的同时,也会高兴地获得纯意外的新鲜知识。作者似乎认为,这些内容,可以助推读者阅读的自信心。文化阶梯的上升,引出深层的啼笑,会意想不到地缩短作者和读者的距离。

《围城》中有一小节文字,开了一个大玩笑,如今这个玩笑举世皆知。话说方鸿渐在“柏林图书馆中国书编目室”的“一位德国朋友”处，“瞧见地板上一大堆民国初年上海出版的期刊”，其中包括我们前边所列的诸多真真切切名称的刊物，忽然笔锋一转，方先生不正经起来“信手翻着一张中英文对照的广告，是美国纽约的什么‘克莱登法商专门学校函授部’登的，说……”一连串的说词，构造出小说主人公所需的幻境。作者利用读者思维定制，假门假事地道出“克莱登法商”之类内容后，为让读者宽心释放，说：“那登广告的人，原是个骗子，因为中国人不来上当，改行不干，人也早死了。”读者悬心一下子落地。善良读者所料不及，收信人却是位贫穷而智慧的爱尔兰人，偏偏去向“邻室小报记者”“借”来打字机，给方鸿渐“打”回信，称赞来信者“聪明”。一番周折，特别又经美国名牌大学反证，再引古今中外贤贵圣人说谎济世的实例，求得了“中国自有外交或订商以来唯一的胜利”——以最低的40美元骗得一份“文凭”。（见11－13页）

这出文艺世界上最著名的幽默喜剧，全文约两千字，一字不可更改，字字珠玑。每个汉字有如拴牢读者的心锁，忽松忽紧，上起下落，充分展现着汉字的强大磁性。人物或信誓旦旦，或假戏真做，或声东击西，或漫不经心。作者也不甘心袖手旁观，亦混迹小说场景间，一时随手拈来闲话，一时出力补台，转瞬又悄悄拆撤，精熟地把历史故实和古老成语，正语反出，反语正行，混乱之中又显得逻辑严整。似乎在行文当中，每个字都饱含着幽默，只要文字相拼，便能点燃笑魇。一切都自然而然，趣味渊远，应该说这是中国文学里的顶峰成就。

当然，我偶尔向先生说，如果要寻找影踪，只在《西游记》里有找到的可能。先生说："将来你有闲了，可以试试，正反引语可能是一个线索。"

三、造句和成章

《围城》的作文方法，我们由选字、构词、引语的逐步深入，下面应推进到造句阶段。在海量例句中略选几个加以点评，便足以表现作者造句技巧的深厚功底和惊世才华：

> 辛楣和李梅亭吃几颗疲乏的花生米，灌半壶冷淡的茶；(209 页)
>
> 上来的汤是凉的，冰淇淋倒是热的；
>
> 鱼像海军陆战队，已登陆了好几天；
>
> 肉像潜水艇士兵，会长时期伏在水里；
>
> 除醋以外，面包、牛油、红酒无一不酸。(以上 20 页)

句式平常，可以写出不平凡的句子。小句子也精神：

她脱下太阳眼镜,合上对着出神的书。(14页)

层层叠加:

后脑里像棉花裹的鼓槌在打布蒙的鼓。(135页)

繁琐结构为复杂关系开路:

是苏鸿业、曹元真两人具名登的,要读报者知道姓苏的女儿和姓曹的兄弟今天订婚。(145页)

性格化句子,生动地表现人物特性:

她不会讲法文,又不屑跟三等舱的广东侍者打乡谈。(16页)

简单至极的句子,但可提高到理论和法律层面:

你可以享受她未婚夫的权利而不必履行

跟她结婚的义务。(16 页)

非汪太太，说不出这句话：

你们新回国的单身留学生，像新出炉的烧饼，有小姐的人家抢都抢不匀呢。(274 页)

不是方鸿渐群，怎能有如此句子：

现在刚是深秋天气，还显不出它们（岁寒三友:苍蝇、蚊子、臭虫）的后凋劲节。(190 页)

深入牙髓的譬喻，人人心肺：

这春气鼓动得人心像婴孩出齿时的牙龈肉，受到一种生机透芽的痛痒。(54 页)

忠厚老实人的恶毒，像饭里的砂砾或者出骨鱼片里未净的刺，会给人一种不期待的伤痛。(5 页)

下降式譬喻句，震撼山岳：

火箭，到落地时，火已熄了，对方收到的只是一段枯炭。(97 页)

苏小姐觉得鲍小姐赤身露体，伤害及中国国体。(5 页)

鸿渐想政府可以迁都，自己倒不能换座位。(69 页)

突然反转句，跌宕文字：

我们对采摘不到的葡萄，不但想象它酸，也很可能想象它是分外地甜。(2 页)

不相类比较句，效果更佳：

小茶杯里兴风作浪。(134 页)

诗评家毛病，一针见血句：

读着一首诗就联想到无数诗来烘云托月。(89 页)

先肯定再否定，让人扑空句：

兴趣颇广，心得全无。(11页)

引典行文，言之有据的戏句：

文言里的雅称跟古罗马成语都借羊来比："愠羝。"(69页)

对偶行文，以诗律翻转造句，灵动异常。钱氏为文擅长此难为之技，绝少使用排比之句：

那个女孩子是"无忘我草"和"别碰我花"的结合。(128页注释)

不要有了新亲，把旧亲忘个干净。(33页)

苏小姐理想的自己是："艳如桃李，冷若冰霜"。(16页)

父亲是前清举人，在本乡江南一个小县里做大绅士。(8页)

机会要自己找，快乐要自己寻。(15页)

嫁女必须胜吾家，娶妇必须不若吾家。(38页)

他们家丑不但不能外扬，而且不能内扬。(360页)

贤婿才高学富，名满五洲。(11页)

身心庞然膨胀，人格伟大了好些。(37页)

一个句内标点，便突出性格——矫情：

汪太太轻藐地哼一声："你年轻的时候？我——我就不相信你年轻过。"(275页)

干脆做成诗句。诗人钱锺书似乎不为读者所闻，请参《槐聚诗存》。甚至引大诗人之句，他本亦当之无愧。

莫遣佳期更后期。(275页)

把生活细节夸成大定律。

在吵架的时候，先开口的未必占上风，后闭口才算胜利。(324页)

以远喻近，威力更大。

> 太太像荷马史诗里风神的皮袋，受气的容量最大，离婚毕竟不容易。(371 页)

作者总结文字精妙，夫妻吵嘴，无逾其深。

> 气头上虽然以吵嘴为快，吵完了，他们都觉得疲乏和空虚，像戏散场和酒醒后的心理。(372 页)

《围城》的文本，最终是从句成章，《围城》的文句，有如花朵和彩云，在这里编织一体，成了文章，绽放开来。

作者不是就其整个作品一下子向我们展示他的文字——文学的坚实功底，而是由他的每一部著作，每一篇文章，每一个节段，都证明中国文学应有的模式。钱先生笔下几个字甚至一个字构词，词人小句，小句成章，间或插入引语，每一步都会发生魔术般的变化，以至七十年前的《围城》至今仍然让人感到妙笔生花。

更有趣的是，作者竟会用自己造就的人物方鸿渐之口，自我调侃："把这种巧妙的词句和精密的计算来抚慰自己。"（22 页）这类回转木马的效果，多为作者造句成文所倚重。让我再举两条简例：

> 只听得阿丑半楼梯就尖声嚷痛，厉而长像特别快车经过小站不停时的汽笛，跟着号啕大哭。(369 页)
>
> 他没演话剧，是话剧的不幸而是演员们的大幸。(230 页)

钱先生不但是中文大师，而且是英文高手，只有他才能生动精确地作出以下这般描述。好文章不怕多，一律不作中间删节。以下再举几节作者自鸣得意的成文，好读好玩。

> 张先生跟外国人来往惯了，说话有个特征——也许在洋行、青年会、扶轮社等圈子里，这并没有什么奇特——喜欢中国话里夹无谓的英文字。他并无中文难达的新意，需要借英文来

讲；所以他说话里嵌的英文字，还比不得嘴里嵌的金牙，因为金牙不仅妆点，尚可使用，只好比牙缝里嵌的肉屑，表示饭菜吃得好，此外全无用处。他仿美国人读音，惟妙惟肖，也许鼻音学得太过火了，不像美国人，而像伤风塞鼻子的中国人。(48页)

唐小姐眼睛并不顶大，可是灵活温柔，反衬得许多女人的大眼睛只像政治家讲的大话，大而无当。古典学者看她说笑时露出的好牙齿，会诧异为什么古今中外诗人，都甘心变成女人头插的钗，腰束的带，身体睡的席，甚至脚下践踏的鞋袜，可是从没想到化作她的牙刷。她头发没烫，眉毛不镊，口红也没有擦，似乎安心遵守天生的限止，不要弥补造化的缺陷。总而言之，唐小姐是摩登文明社会里那桩罕物——一个真正的女孩子。有许多都市女孩子已经是装模做样的早熟女人，算不得孩子；有许多女孩子只是浑沌痴顽的无性别孩子，还说不上女人。方鸿渐立刻想在她心上造个好印象。唐小姐尊称他为“同学老前辈”，他抗议道：“这可不成！你叫我‘前辈’，我已经觉得像史前原人的遗骸了。你何必又加上‘老’字？我们不幸生得太早，没福气跟你同时同学，这是恨事。你再叫我‘前辈’，就是有意提醒我是老大过时的人，太残忍了！”(58页)

以下一节文字一举拉近了全部人物关系，距离一近，才好生出故事。写长篇小说，有这般驾驭能力者，可谓凤毛麟角。

这事一发表，韩学愈来见高松年，声明他太太绝不想在这儿教英文，而且表示他对刘东方毫无怨恨，愿意请刘小姐当历史系的助教。高松年喜欢道：“同事们应该和衷共济，下学年一定聘你夫人帮忙。”韩学愈高傲地说：“下学年我留不留，还成问题呢。统一大学来了五六次信要我和我内人去。”高松年忙劝他不要走，他夫人的事下学年总有办法。鸿渐到外文系办公室接洽功课，碰见孙小姐，低声开玩笑道：“这全是你害我的——要不要我代你报仇？”

孙小姐笑而不答。(259 页)

下面这节文字，包括对睡眠的描述，均为其他小说和文章中所稀见：

> 近乡情怯，心事重重。他觉得回家并不像理想那样的简单。远别虽非等于暂死，至少变得陌生。回家只像半生的东西回锅，要煮一会才会熟。这次带了柔嘉回去，更要费好多时候来和家里适应。他想得心烦，怕去睡觉——睡眠这东西脾气怪得很，不要它，它偏会来，请它，哄它，千方百计勾引它，它拿身份躲得影子都不见。与其热枕头上翻来覆去，还是甲板上坐坐罢。柔嘉等丈夫来讲和，等好半天他不来，也收拾起怨气睡了。(358 页)

谁读过以下文字，都会深深记忆下来：

> 辛楣笑道："有了上半箱的卡片，中国书烧完了，李先生一个人可以教中国文学；有了下

> 半箱的药，中国人全病死了，李先生还可以活着。”顾尔谦道：“哪里的话！李先生不但是学校的功臣，并且是我们的救命恩人——”亚当和夏娃为好奇心失去了天堂，顾尔谦也为好奇心失去了李梅亭安放他的天堂，恭维都挽回不来了。(188页)

钱先生的奇思妙想，从来有根有据，绝不空穴来风。

> 日记上添了精彩的一条，说他现在才明白为什么两家攀亲要叫“结为秦晋”：“夫春秋之时，秦晋二国，世缔婚姻，而世寻干戈。亲家相恶，于今为烈，号曰秦晋，亦固其宜。”(371页)

以上文史考订，是作者所长，《围城》留下顺便考古成果，往往切实可信。幽默可笑而绝不造伪，连主人公去张家相亲时参观的文物恐都应作如此观。

> 俾斯麦曾说过，法国公使大使的特点，就是一句外国话不会讲；这几位警察并不懂德文，

居然传情达意，引得犹太女人格格地笑，比他们的外交官强多了。(2页)

上了岸，向大法兰西共和国上海租界维持治安的巡警侦探们付了买路钱，赎出行李。(362页)

上边处于《围城》一头一尾两节文章，遥相呼应，足够勾画列强的嘴脸。细密之笔，绝不疏忽。

辛楣不知道大哲学家从来没娶过好太太，苏格拉底的太太就是泼妇，褚慎明的好朋友罗素也离了好几次婚。(108页)

酒酣的董斜川说道："是了，是了。中国哲学家里，王阳明是怕老婆的。"(109页)

文人惧内的陈旧话题，在《围城》里也会花样翻新，解出不同的答案：善讲道理的人，往往在老婆面前讲不出道理来。其实，承认怕老婆，实为不怕；不承认怕老婆，才是真怕。此理同于文学创作，说了不是真的，不说而想得明白才是真，笑府深深。

天才加以努力修为的技巧固然重要，但要坐稳文字，绝不能少掉对人类社会常识的深准认识，这是《围城》屹立世界文学之林的另一个原因。

《围城》的文章技巧，一经谈起，读者都会夸赞不已，字词语句当中，更是读者谈不尽的话题。

《围城》重新出版，读者一天天多起来。各式各样的问题，层出不穷。能向作者本人提问，则非常困难。一部高端文学作品，找作品漏洞和寻取写作窍门，同样困难。一天，我终于按捺不住，向先生提起话题："您的文章和文字，都有'启承转合'的影子。"钱先生说："有点入道儿了""你不好说八股，我说确实不是八股，道不是'道行'，而是'道儿'，路。""我在《谈艺录》中写过，'八股文实骈俪之支流，对仗之引申。'还写过'四书排偶之文，上接唐宋四六，为文之正统。''八股古称代言，盖揣摹古人口吻，设身处地，发为文章。以俳优之道，抉圣贤之心。'更有多人（如徐青滕、邵文明、吴修龄、袁随园、焦理堂）论及八股文的俗体、代人说话、特比之元人杂剧。"（引文可见《钱锺书集·谈艺录》上，110页，下同。）

钱先生认为，揣摩孔孟情事，须从明清两代最佳八股文求之，“真能栩栩欲活”。并言“此类代言之体，最为罗马修辞教学所注重”，“学僮皆须习为之”。中国之语文，如把这些公认的手段，抛而弃之，文学将不为文学也。将我手写我心做为文学之本，那么我手不写我心，则为文学之花。钱先生在1985年写《谈艺录》下册论辨上册时曾指出：“以二事通类齐观，则犹夫明清文学之士纵《西厢记》《琵琶记》《牡丹亭》参八股法脉矣。”在先生透彻论证之后，概括道：“聊发其端，待好学深思者抉根究柢焉。”我们一字一句读了《围城》，只需参此而思，才能略知何谓中国文学。

四、学术、艺术及其他

下面我们再说《围城》对学术、艺术、习俗、政治、社会的细微观察以及华美描绘。

第一，关于学术。《围城》出版已经七十年，作品中大量学术论点是作者赋予人物的，同时也透彻地表达了作者的观点。作者一生以顶峰终极为追求目标，作品少而精。言之不及义，语之不超前，证据有不足，不写不发表。《围城》借助人物之口，有关学术论述，都表述得清晰明白。比如作者对“五四”以来打倒孔家店、依附国外势力——甚至怀疑中国古史存在的派别，历来有清醒认识，并且完全划清界限。读者在《围城》阅读中，在漫长时间和广袤地标上，不难发现作者精心播撒的种子，收获大量具有指导意义的精妙结论。生动的例子太多，仅摘录数条存证。需要再次提醒读者，《围城》完成于1946年。

这一张文凭，仿佛有亚当、夏娃下身那片树叶的功用，可以遮羞包丑；小小一方纸能把一个人的空疏、寡陋、愚笨都掩盖起来。(11 页)

东洋留学生捧苏曼殊，西洋留学生捧黄公度。留学生不知道苏东坡、黄山谷，心目间只有这一对苏黄。(110 页)

“当然是陈散原第一。这五六百年来，算他最高。我常说唐以后的大诗人可以把地理名词来包括，叫‘陵谷山原’。三陵：杜少陵，王广陵——知道这个人么？——梅宛陵；二谷：李昌谷，黄山谷；四山：李义山，王半山，陈后山，元遗山；可是只有一原，陈散原。”说时，翘着左手大拇指。鸿渐懦怯地问道：“不能添个‘坡’么？”“苏东坡，他差一点。”(110 页)

鸿渐对这种“古史辩”式的疑古论，提不出反证。(354 页。按，“辩”字，学界原作“辨”，作者应情景改字，妙而可言也。)

方鸿渐到了欧洲，既不钞敦煌卷子，又不访《永乐大典》，也不找太平天国文献，更不学蒙古文、西藏文或梵文。(11 页)

学国文的人出洋“深造”，听来有些滑稽，事实上，惟有学中国文学的人非到外国留学不可。因为一切其他科目像数学、物理、哲学、心理、经济、法律等等都是从外国灌输进来的，早已洋气扑鼻；只有国文是国货土产，还需要外国招牌，方可维持地位，正好像中国官吏、商人在本国剥削来的钱要换外汇，才能保持国币的原来价值。(10 页)

说现代人要国文好，非研究外国文学不可；从前弄西洋科学的人该通外国语文，现在弄中国文学的人也该先精通洋文。(90 页)

可惜说这话时恰巧没人在场，又是诗人曹元朗说的，那它算不算数呢？小说《围城》难读在这些地方。因为《围城》不论什么派人物，只讲究和读者“会心”，剖析和认定都必须有生动透彻的思想。至于人物性格和情节发展都属第二位，实际并不重要。

三间大学校长高松年是位老科学家。这“老”字的位置非常为难，可以形容科学，也可以形容科学家。不幸的是，科学家跟科学大不相同，科学家像酒，愈老愈可贵，而科学像女人，老了便不值钱。将来国语文法发展完备，总有一天可以明白地分开“老的科学家”和“老科学的家”，或者说“科学老家”和“老科学家”。现在还早得很呢，不妨笼统称呼。(223 页)

提起此节文字，钱先生总说自己意犹不尽。他认为这里说的是自然科学，在文化里只能算是一半。科学每年每天都要更新，新的发现推翻旧的规律，是取代的关系。一个公式，一条定理，旧的不去，新的不来；新的一到，旧的非得扔掉。而文化，特别是文学不是如此，有了李白，杜甫还是活得好好的。有了李白和杜甫，那屈原、司马迁、汉武帝、魏武帝和以后的苏东坡甚至杨大年，都得在正位上坐着。你读书，他们在那儿；不读书，他们还在那儿。文化是层层叠加，堆积起来的。要这不要那，那是儿戏。关键是能读不忘，一找就回。文学不同于科学，应该补充认识。文学不怕复杂，科学最尚简单。西方偏向科学，我们亲近文学。

第二，关于艺术，又是另外一个复杂问题，钱先生没有多说，我们在此也只能挂一二而漏万千了。小关节，往往牵连着大是非。

> 范小姐把现代本国剧作家的名剧尽量买来细读。对话里的句子像："咱们要勇敢！勇敢！勇敢！""活要活得痛快，死要死得干脆！""黑夜已经这么深了，光明还会遥远么？"她全在旁边打了红铅笔的重杠，默诵或朗诵着，好像人生之谜有了解答。(280页)
>
> 诗人曹元朗道："我这首诗的风格，不认识外国字的人愈能欣赏。""不必去求诗的意义。诗有意义是诗的不幸！"(85页)

第三，风俗习惯的细致描写，既为读者显示了人生世界深度和广博，同时又对作品自身的发展提供空间和场地。应该说，风俗习惯的心理世界是人文学当中最难以把握的，而作者却如数家珍，做到灵动与深邃并举。

天涯相遇，一见如故，

大家一片乡心，打牌不但有故乡风味，并且适合世界潮流。（以上2页）

爱尔兰人，具有爱尔兰人的不负责、爱尔兰人的急智、还有爱尔兰人的穷。（12页）

美国人办交涉请吃饭，一坐下去，菜还没上，就开门见山谈正经；欧洲人吃饭时只谈不相干的废话，到吃完饭喝咖啡，才言归正传。（334页）

鸿渐为太太而受气，同时也发现受了气而有个太太的方便。从前受了气，只好闷在心里，不能随意发泄，谁都不是自己的出气筒。现在可不同了；对任何人发脾气，都不能够像对太太那样痛快。（371页）

“我只奇怪，你是在大家庭里长大的，怎么家里这种诡计暗算，全不知道？”鸿渐道：“这些事没结婚的男人不会知道。要结了婚，眼睛才张开。我有时想，家里真跟三间大学一样是个是非窝，假使我结了婚几年然后到三间大学去，也许训练有素，感觉灵敏些，不至于给人家暗算了。”

他们俩虽然把家里当作“造谣学校”,逃学可不容易。(以上 386 页)

死祖宗加上活亲戚,弄得柔嘉疲于奔命。(387 页)

第四,世界政治。对这个难题,怕就怕回过头来看,难就难在向前看。我们只会回头,留下许多遗憾和悔恨。钱先生在《围城》里最擅长拿出难题,再向前观察分析。

这一年的上海和去年大不相同了。欧洲的局势急转直下,日本人因此在两大租界里一天天地放肆。后来跟中国“并肩作战”的英美两国,那时候只想保守中立;中既然不中,立也根本立不住,结果这“中立”变成只求在中国有个立足之地,此外全让给日本人。“约翰牛”(John Bull) 一味吹牛;“山姆大叔”(Uncle Sam) 原来只是冰山 (Uncle Sham),不是泰山;至于“法兰西雄鸡”(Gallic cock) 呢,它确有雄鸡的本能——

迎着东方引吭长啼，只可惜把太阳旗误认为真的太阳。美国一船船的废铁运到日本，英国在考虑封锁滇缅公路，法国虽然还没切断滇越边境，已扣留了一批中国的军火。物价像吹断了线的风筝，又像得道成仙，平地飞升。公用事业的工人一再罢工，电车和汽车只恨不能像戏院子和旅馆挂牌客满。铜元镍币全搜刮完了，邮票有了新用处，暂作辅币，可惜人不能当信寄，否则挤车的困难可以避免。生存竞争渐渐脱去文饰和面具，露出原始的狠毒。廉耻并不廉，许多人维持它不起。发国难财和破国难产的人同时增加，各不相犯：因为穷人只在大街闹市行乞，不会到财主的幽静住宅区去；只会跟着步行的人要钱，财主坐的流线型汽车是跟不上的。贫民区逐渐蔓延，像市容上生的一块癣，政治性的恐怖事件，几乎天天发生，有志之士被压迫得慢慢像西洋大都市的交通路线，向地下发展，地底下原有的那些阴毒暧昧的人形爬虫，攀附了他们自增声价。鼓吹“中日和平”的报纸每天发表新参加的同志名单，而这些“和奸”往往

同时在另外的报纸上声明“不问政治”。(374 页)

方鸿渐说:“女人原是天生的政治动物。虚虚实实,以退为进,这些政治手腕,女人生下来全有。女人学政治,那真是以后天发展先天,锦上添花了。我在欧洲,听过 Ernst Bergmann 先生的课。他说男人有思想创造力,女人有社会活动力,所以男人在社会上做的事该让给女人去做,男人好躲在家里从容思想,发明新科学,产生新艺术。我看此话甚有道理。女人不必学政治,而现在的政治家要成功,都得学女人。政治舞台上的戏剧全是反串。”(58、59 页)

第五，关于外交。

这事（指方鸿渐购买克莱登大学文凭事）也许是中国自有外交或订商约以来惟一的胜利。(14 页)

仿佛他在外国学政治和外交,只记着两句,拿破仑对外交官的训令:“请客菜要好”，和斯多威尔侯爵 (Lord Stowell) 的办事原则:“请吃饭

能使事务滑溜顺利”。(150页)

第六，关于环境，《围城》也给予极大的关切：

鸿渐惊异得要叫起来,才知道高高荡荡这片青天,不是上帝和天堂的所在了,只供给投炸弹、走单帮的方便。(351页)

上海是个暴发都市,没有山水花柳作为春的安顿处。公园和住宅花园里的草木,好比动物园里铁笼子关住的野兽,拘束、孤独,不够春光尽情的发泄。(54页)

《围城》对时兴的“新生活运动”中列有两项概括的内容:其一,不许抽烟(255页);其二,图书馆“绝对没有法国小说……”。(43页)

第七，对教育，我们仅举出稀闻之二例：

汪先生得学位是把论文哄过自己的先生；教书是把讲义哄过自己的学生。

教授成为名教授，也有两个阶段：第一是

讲义当著作,第二著作当讲义。好比初学的理发匠先把傻子和穷人的头作为练习本领的试验品,所以讲义在课堂上试用没出乱子,就作为著作出版;出版以后,当然是指定教本。(以上310页)

五、奇思妙想和人物素描

钱锺书奇思妙想——出乎意外而合于情理的比喻，往往也用在人物描写上，请读《围城》：

屋子里静寂得应该听见蚂蚁在地下爬——可是当时没有蚂蚁。(293 页)

他个人的天地忽然从世人公共生活的天地里分出来，宛如与活人幽明隔绝的孤鬼，瞧着阳世的乐事，自己插不进，瞧着阳世的太阳，自己晒不到。人家的天地里，他进不去，而他的天地里，谁都可以进来。(129 页)

中国旅馆的壁，又薄又漏，身体虽住在这间房里，耳朵像住在隔壁房里的。(170 页)

鸿渐说"我不爱她。我跟你同病，不是'同情'。"(149 页)

《春之恋歌》，空气给那位万众倾倒的国产

女明星的尖声撕割得七零八落——(145页)

阙尚鸳鸯社，闹无鹅鸭邻。(147页)

“宁可我做了官，她不配做官太太；不要她想做官太太，逼得我非做官、非做贪官不可。”(161页)

我只恨当时没法请唱片公司的人把你的声音灌成片子。假使真灌成片子，那声气哗啦哗啦，又像风涛澎湃，又像狼吞虎咽，中间还夹着一丝又尖又细的声音，忽高忽低，袅袅不绝。有时这一条丝高上去、高上去，细得、细得像放足的风筝线要断了，不知怎么像过一个峰尖，又降落安稳下来。赵辛楣刺激得神经给它吊上去，掉下来，这时候追想起还恨得要扭断鸿渐的鼻子，警告他下次小心。(171页)

有一位大文学家曾说，作家会不会写作，首先要看他会不会写雨。《围城》中以下三例均写雨，几乎可以说大自然的“雨”，正按照钱锺书写的“范儿”下着，既普通、熟悉，而又活泼、新奇。大自然的美丽，也处处皆有人，人头顶、人眼睛、人麻痘、人五指以至鬼鼻子。《围城》作者表现了非凡人类的想象。

> 他们上了船，天就微雨。时而一点两点，像不是头顶这方天下的，到定睛细看，又没有了。一会儿，雨点密起来，可是还不像下雨，只仿佛许多小水珠在半空里顽皮，滚着跳着，顽皮得够了，然后趁势落地……
>
> 这雨愈下愈老成，水点贯串作丝，河面上像出了痘，无数麻瘢似的水涡，随生随灭，息息不停，到雨线更密，又仿佛光滑的水面上在长毛。(以上172页)
>
> 这雨浓染着夜，水里带了昏黑下来，天色也陪着一刻暗似一刻。一行人众像在一个机械画所用的墨水瓶里赶路。夜黑得太周密了，真是伸手不见五指！在这种夜里，鬼都得要碰鼻子拐弯，猫会自恨它的一嘴好胡子当不了昆虫的触须。(175页)

至于生活琐事，作者一旦涉及，新意迭出，美不胜收：

鸿渐上床，好一会没有什么，正放心要睡去，忽然发痒，不能忽略的痒，一处痒，两处痒，满身痒，心窝里奇痒。蒙马脱尔(Monmartre)的“跳蚤市场”和耶路撒冷圣庙的“世界蚤虱大会”全像在这欧亚大旅社里举行。咬得体无完肤，抓得指无余力。每一处新鲜明确的痒，手指迅雷闪电似的捺住，然后谨慎小心地拈起，才知道并没捉到那咬人的小东西，白费了许多力，手指间只是一小粒皮肤屑。好容易捺死一个臭虫，宛如报了仇那样的舒畅，心安理得，可以入睡，谁知道杀一并未儆百，周身还是痒。到后来，疲乏不堪，自我意识愈缩愈小，身体只好推出自己之外，学我佛如来舍身喂虎的榜样，尽那些蚤虱去受用。外国人说听觉敏锐的人能听见跳蚤的咳嗽；那一晚上，这副尖耳朵该听得出跳蚤们吃饱了噫气。(186、187 页)

烤山薯这东西，本来像中国谚语里的私情男女，“偷着不如偷不着”，香味比滋味好，你闻的时候，觉得非吃不可，真到嘴，也不过尔尔。(211 页)

一切图书馆本来像死用功人大考时的头脑，是学问的坟墓。(233页)

方鸿渐忙说，菜太好了，吃菜连舌头都吃下去了。(288页)

两个人在一起，人家就要造谣言，正如两根树枝相接近，蜘蛛就要挂网。(304页)

关于人物素描，是《围城》的特技，而稍早发表的中篇集《人兽鬼》应称为人物素描的专项大成。《围城》虽非专写人物，但写起人物来极为圆熟。首先是外状描述，夹杂一些恰当比喻，或为他人、他事、他物，然后转向深层的内心，人物关系乃至极有个性特征的事件等。对于读者来说，犹如展开一幅画卷，一步步地观看开去。表面看去并没有特殊鲜见的场景，语句和节奏十分平和，但任何人都可感受到精深的文字修炼功底。从零星三五个字到寥寥几百字，跃然纸上，有生龙活虎，有绵绵细雨，体温和远火都在。

胡子常是两撇，汪处厚的胡子只是一画。他二十年前早留胡子，那时候做官的人上唇全毛茸茸的，非此不足以表身份，好比西洋古代哲学家下颌必有长髯，以示智慧。他在本省督军署当秘书，那位大帅留的菱角胡子，就像仁丹广告上移植过来的，好不威武。他不敢培植同样的胡子，怕大帅怪他僭妄；大帅的是乌菱圆角胡子，他只想有规模较小的红菱尖角胡子。谁知道没有枪杆的人，胡子也不像样，又稀又软，挂在口角两旁，像新式标点里的逗号，既不能翘然而起，也不够飘然而袅。他两道浓黑的眉毛，偏根根可以跟寿星的眉毛竞赛，仿佛他最初刮脸时不小心，把眉毛和胡子一股脑儿全剃下来了，慌忙安上去，胡子跟眉毛换了位置；嘴上的是眉毛，根本不会长，额上的是胡子，所以欣欣向荣。这种胡子，不留也罢。五年前他和这位太太结婚，刚是剃胡子的好借口。然而好像一切官僚、强盗、赌棍、投机商人，他相信命。星相家都说他是“木”命“木”形，头发和胡子有如树木的枝叶，缺乏它们就表示树木枯了。四十开外的人，头发当然半秃，全靠这几根胡子表示老树着花，生机未尽。(268页)

人物素描，彪炳着钱锺书先生文学技巧的巨大成就。并不出人意料的标志却是：因此招来不少“物议”——甚至被冠以“刻薄”而加以抹杀。熟悉那个时代文化圈子的人读了《围城》，往往会对号入座，一传十，十传百，写了别人，自己会说，太像了，就是他或她！写到自己，一经别人指出，自己便骂语连篇，“恶毒”“上法院”之语便会满天飞。如果他是仔细地一字一句读遍《围城》的人，绝不可能出此恶语。钱先生一直是以悲悯胸怀看待“同人”，绝不能怀有恶意伤惹他人。如果说钱先生的笔墨让模特不快，恐怕因是笔墨太过犀利吧。何况作者往往笔到即止，收敛写得太真的笔，从此调头他去，或转换成另外一种笔法了。岂不知，从极似再转向模糊需要更高的文字技巧。大家常以“游戏文章”轻视别具一格的文字，而钱先生往往答以“好玩不好作”。当然偶尔也会据理力争：“画家可以素描，我为什么不能用文字来写？”“通感”理论的发现和确认，是钱先生在人文科学上重大的贡献之一。此处的“串行”也只有他说得出，“武艺”没有，他的“文艺”，我未曾见逾其右者，更未曾闻能与其比肩者。

近日，我清理原代钱先生复存信稿，有一封致台北苏正隆先生的信，收信人已将此信公开，其中有位黄先生译文说“宁为活麻雀，不作死老鹰。”（better a live sparrow than a dead eagle）译文生动，但说那是钱先生自况，便不确切了。钱先生的信是既作“活麻雀”又作“活老鹰”，已充分证明先生从来挥笔作“全活儿”，绝非常人所能比。

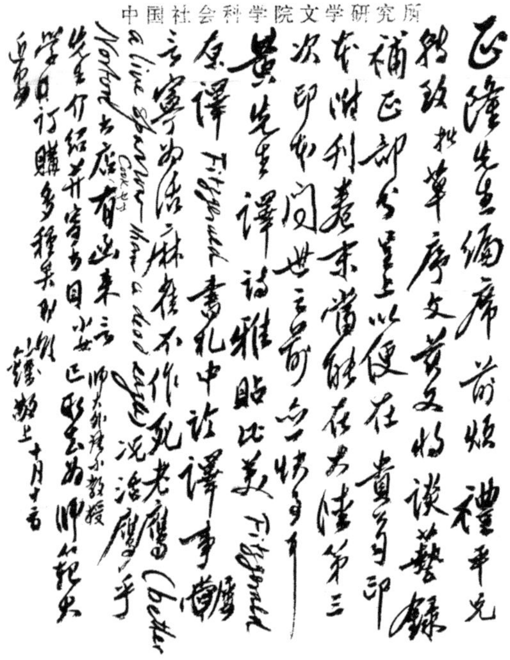
中国社会科学院文学研究所

正隆先生编席
……黄先生译……Fitzgerald……
……活麻雀不作死老鹰（better a live sparrow than a dead eagle）况活鹰乎……
……钟书敬上 十月十三

钱先生致台北苏正隆先生的信

我们经常可以见到先生一挥而就的书信——因为那是一般应酬文字，但其中也往往包含着精审的学术论述，令人信服的生活总结以及感人泪下的情分，当然更多是会心的微笑。最后读者当然明白，那可不是“一挥”能就的。小说、诗歌创作和《管锥编》上被修改得满目疮痍的手稿，当其展现在我们面前时，谁也禁不住会对这位伟大学者、作家、艺术家感恩，谢他用超人勤奋和精思熟虑的思想成果，为我们的观感和心灵赐福。

请回到钱先生“用小说打败小说”的想法，我们很可能不必再急于追问了。至于他做到与否，谁也不能代替读者作答。

钱先生晚年，很少再谈《围城》。那时我受钱先生嘱托负责“中国古典数字工程”制作，每去医院看望他，话题离不开古籍。

但《围城》中的一段话，在我追随他三十几年间被提及却不只一次。

一句话的意义，在听者心里，常像一只陌生的猫到屋里来，声息全无，过一会儿“喵”一

> 叫，你才发觉它的存在。(301页)

这些心理文字，先生认为是很用心思写下来的。可我完全不记得先生在什么情况下对我讲的，就可能性来说，“工程”不会，“公事”没有，大概应该属于“闲话”一类。

再把此节上下《围城》原文读一读，就会发现连接的话似乎提示着重要信息，因为恰巧那很像“闲话”内容中的引证。

> 心里一阵嫉妒，像火上烤的栗子，热极要迸破了壳。(301页)

打开记忆开关，立刻使我唤回《管锥编》里的名言：“混浊嫉贤”（中华本《管锥编》第二册598页）“妒贤嫉能”（中华本《管锥编》第一册275页）等节段，以及更鲜明突出引曹丕《典论》论文：“女无美恶，入宫见妒；士无贤不肖，入朝见嫉。”（中华本《管锥编》第三册 901 页）此语实早出《史记·邹阳传》《史记·外戚世家》《史记·扁鹊仓公传》。后者引

“士无贤不肖，入朝见疑”似正，行文多变，应是古风。我许多年来自以为钱先生应该像司马迁一个样，一生最痛恨的是“妒”——“火上烤的栗子，热极要迸破了壳”，人生深疼，是引出对人类缺欠的爆炸性“热嘲”的原因。这在钱先生的专项研究中已经列入了正式的课题。事实证明，我最初对此猜测大误，他的真实态度全出意外。他常对我说，“嫉”和“疑”，人皆有之，不应视为“缺欠”。别人疑，自己不疑；别人嫉，自己不嫉。那应成为动力，没空没闲，既不可无端疑，更不能理睬那个嫉字。

初识钱锺书，我曾沿着错误成见，没头没脑地为此大打抱不平，哀痛古典文学研究因嫉妒钱锺书才学，空耗浪费，没能取得更多研究成果。先生对此不认可，总伴着轻笑一语带过：“我一直要谢他们。”智慧，带给人以力量；高深智慧，使人强大。

钱先生作为文化名人，与《围城》的成功相关。小说的畅销流行是在新中国成立之前，作者从不期望起到什么保护作用。让人们意料不到的是《围城》并未招来政治运动里的批判。于是离谱的传说，比如有人保护之类，不胫而走。

钱锺书以一位作家学者身分，规划了自己“开拓万古之心胸”的一生目标，坦荡地接受古今中外包括马克思主义的思想，在文学所坚持走自己的道路，取得了众所周知的成就。1980年之前，《文学评论》杂志曾发表先生《通感》等几篇文章。该年末尾才有一篇关于《宋诗选注》的文章发表。直至目前，我未见该刊有关《围城》的文章发表。《围城》只能以“空城”称之。钱先生倒认为那是一个四十年合意的好空间，他每日都能不受干扰地读书、研究、写作。我认为《围城》的千万印数以及文学专业刊物的地位，总让人感觉不协调。

《围城》高度文学倾向，充分展现的思想、驾驭语言文字的技巧，特别在东西方小说相接互融的探索，都令评论者畏惧。至于所表达的主题，亦属不清不明，试来试去各种各样纸帽，都有所不适，实在难得下手。最后只能冠上“旧作品”“资产阶级情调”“沙龙茶杯文戏”之类含混概念，最恶最狠不过说成“死老虎”，便算让其死有余辜了。

《围城》未受到大批判还有第三个原因。在文学研究界，钱锺书的读书学识、书面文章、讲台说辞、外国语言、书法美学甚至包括厚道的为人处世，均为共识，无人能够超越。而钱先生在舆论评比中，只有苏东坡可比，唯先生不肯做官，又偏偏做上了大官。按照惯例，在社科院仅有两剂药方可选：一为说先生不肯政治担当。这一说法，历来十分容易被戳穿，听者只要一经读书，便可自行收回。二为方便采用的“移位赞颂”法。比如钱先生明明属文史大家，偏说他是小说家、史学家、诗文评家、精通掌故老先生，甚至干脆当成宋诗专家；明明属外国语文顶级专家，偏要称外国文论家、外国文学史家；先生字写得好，国内外书法大家都一致认为当为前排，最终导致挑什么毛病的都有，不达一致，而他又根本不会接受任何头衔，只是努力不懈，每日习帖不止。至于在古典诗词创作、考古隶定、戏曲小说研究领域均取得许多成就，但就是不能得到相应的提名赞许，致使名位不归。可这种“移位赞颂”两面性显而易见，尽管有原始起动之兴，但亦可当作舆论的阻尼，移位者往往必须小心保持统一性，以免自露破绽。极易煽动的大批判，在那种状态之下也成难举之事。此时移位者最后选择转向的蹊径，杨绛季康先生，或者意外的他人便是方便顺手的目标。比如“掺沙子洗衣”“美国骂人”“计算机室”

等事件都是例子。

随着岁月推移，只要仔细再读《围城》，我们便会再次带进社科院里，每有一种特殊的灵性乍现，蓦然回首，那不是李梅亭、董斜川吗？大约他们是来院开始推行“导师制”，以编排《古诗史》课程了。更有令人惊奇的是：读者您也经常会从《围城》里找到自己。常有朋友为钱锺书作品不能进入中国语文教科书而遗憾，遗憾的原因如果必须回答，只能说因为钱著本身固有的魅力太过迷惑人吧。

六、主题(上)

《围城》的故事和人物，作者大概认为没必要用它们来分散读者的关注，或者干脆不想让庄重严肃的哲学主题受到干扰，所以故事情节和结构，人物性格和际遇都非常简单，简单得让人吃惊。

全书共分九章，如果为概括内容，硬配上标题，可以显得非常清晰。一曰归国船上，二曰返乡探亲，三曰探春上海，四曰进入生活，五曰纷乱旅途，六曰职场纠纷，七曰婚姻沉浮，八曰城之内外，九乃迷人挽歌。总之一次归国旅程，一次就职经历，然后是两位男主人公的婚事。

故事情节平稳无奇，如果作者将主题半遮半掩，很容易让人感到作品本身不连贯，捉摸不定。但由于其语言文字极其精练，想象构成非常丰富，行文广阔浩大，描写深入精致，如果我们能不怀偏见并且小心地审读，放正胸襟，深入地钻研，便会觉得虽迷雾重重却环环相扣；人物对话和情节推动，均无规矩可循，或者说在华丽的文字外衣之下，充满奇思妙想，令人接应不暇。不管多么见识宽广，阅读者都会发问：作者究竟想写什么，又写出了什么？

要采取流行方式快读《围城》，绝不可能读懂，能不能懂关键在于认定主题。作为文学专门研究机构的文学所诸君子，精读《红楼梦》等已有定论的名人名作，构建出文学史，均为职责所系。至于《围城》，则属前辈、同事、友人之先朝旧作，既非经又非典，读也不若目睹本人真切，或似借口“回避亲朋”之规则，从而放弃“举贤不避亲朋”之责任，浪掷掉作者一片良苦用心和巨大成就。

让我试着把《围城》自己写下的主题线索，依序摘要列出，并加简要小注，提示读者试试能否得到新的启发重点，推动有效的认识。钱文读起来，总是别有风趣。摘出来迭加对比重读，也会有新收获。

自以为要写就意味着会写。(1980年序)

写小说自有道，岂可随意任性。

> 船，倚仗人的机巧，载满人的扰攘，寄满人的希望，热闹地行着，每分钟把玷污了人气的一小方水面，还给那无情、无尽、无际的大海。(2 页)

上面四个不起眼的“人”，似乎不经意地被道出，作者究竟要告诉我们些什么呢？

> 假如上帝真是爱人类的，他决无力量做得起主宰。方鸿渐这思想若给赵辛楣知道，又该挨骂“哲学家闹玄虚”了。他那天晚上的睡眠，宛如粳米粉的线条，没有粘性，拉不长。他的快乐从睡梦里冒出来，使他醒了四五次。(75 页)

爱人的上帝显然帮不上忙，不肯做哲学家的主角，只好失眠了。

> 褚慎明又常说人性里有天性跟兽性两部分，他自己全是天性。(99 页)

褚先生的说法，前半句正确。

鸿渐道:“这不是大教授干政治,这是小政客办教育。从前愚民政策是不许人民受教育,现代愚民政策是只许人民受某一种教育。不受教育的人,因为不识字,上人的当,受教育的人,因为识了字,上印刷品的当,像你们的报纸宣传品、训练干部讲义之类。”(152 页)

方先生显然属于明白人之列。

我还记得那一次褚慎明还是苏小姐讲的什么“围城”。我近来对人生万事,都有这个感想。譬如我当初很希望到三间大学去,所以接了聘书,近来愈想愈乏味,这时候自恨没有勇气原船退回上海。我经过这一次,不知道何年何月会结婚,不过我想你真娶了苏小姐,滋味也不过尔尔。狗为着追求水里肉骨头的影子,丧失了到嘴的肉骨头!跟爱人如愿以偿结了婚,恐怕那时候肉骨头下肚,倒要对水怅惜这不可再见的影子了。(161 页)

一句“不过尔尔”，说不尽人的困难和痛苦，鸿渐清晰明白，但偏重感性。说下去，可明大事理，完全让结婚成为狗眼里的骨头而腰斩肢截。

> 法国人所谓“长得像没有面包吃的日子”还不够亲切；长得像没有面包吃的日子，长得像失眠的夜，都比不上因没有面包吃而失眠的夜那样漫漫难度。(210页)

作为一位作家，有此种文字写出，一定是一位真正的作家。

> 你不讨厌，可是全无用处。(222页)

艺术的理论概括后再转化为文学，看似平淡，作者借赵辛楣为方鸿渐所作“哲学理论”真可以说——神到情到，登峰造极。

> 鸿渐发议论道：“这好像开无线电。你把针在面上转一圈，听见东一个电台半句京戏，西

一个电台半句报告,忽然又是半句外国歌啦,半句昆曲啦,鸡零狗碎,凑在一起,莫名其妙。可是每一个破碎的片段,在它本电台广播的节目里,有上文下文,并非胡闹。你只要认定一个电台听下去,就了解它的意义。我们彼此往来也如此,相知不深的陌生人——”柔嘉打个面积一方寸的大呵欠。像一切人,鸿渐恨旁人听自己说话的时候打呵欠,一年来在课堂上变相催眠的经验更增加了他的恨,他立刻闭嘴。(357 页)

无线电乱台,认定便不会乱。不明就理的孙小姐,怎么听不出深幽的哲理呢?一个价值不菲的“一方寸的大呵欠”,使主要发言人方先生哲理阐述被腰斩。

柔嘉怨道:“好好的讲咱们两个人的事,为什么要扯到全船的人,整个人类?”

鸿渐恨恨道:“跟你们女人讲话只有讲你们自己,此外什么都不懂!”

柔嘉也太任性。今天跟她长篇大章地谈论,她又打呵欠,自己家信里还赞美她如何柔

顺呢！(以上 357 页)

“整个人类”？方鸿渐并没有谈及，却被孙小姐误谈乱引了出来。读者眼明：作者在大玩“草蛇灰线”之技，什么“不懂”，什么“任性”，什么“女人”，什么“呵欠”又连上“又打呵欠”，卖尽关子，可谓妙不可言。

> 辛楣道:“她也真可怜——”瞧见鸿渐脸上酝酿着笑容,忙说——“我觉得谁都可怜,汪处厚也可怜,我也可怜,孙小姐可怜,你也可怜。”(336 页)

悲天悯人，辛楣也是作者的代言者之一。要研究钱先生在《围城》里写了些什么人？人其实就是人，处处“可怜”的人。姑且不说能不能考据出来,考据得是否正确,这种不显露痕迹的机巧，就能让人信服，让读者听从作家所告知关乎“人”的结论。

> 鸿渐正像他去年懊悔到内地,他现在懊悔听了柔嘉的话回上海。在小乡镇时,他怕人家

倾轧，到了大都市，他又恨人家冷淡，倒觉得倾轧还是瞧得起自己的表示。就是条微生虫，也沾沾自喜，希望有人搁它在显微镜下放大了看的。拥挤里的孤寂，热闹里的凄凉，使他像许多住在这孤岛上的人，心灵也仿佛一个无凑畔的孤岛。(374 页)

人类社会以孤岛称之，实际上这是一个人生根本性的问题，过往文学本身似乎已经解决了这一问题。但孤岛非人所为，绝不及“城”字含有如此深邃的人味。

她又说鸿渐生气的时候，拉长了脸，跟这只钟的轮廓很相像。(382 页)

“我忘了，还有这只钟——”她瞧鸿渐的脸拉长，给他一面镜子——“你自己瞧瞧，不像钟么？我一点没有说错。”鸿渐忍不住笑了。(385 页)

两次以老钟比称，又为主题埋下深深的伏笔。

鸿渐笑道：“柔嘉，你这人什么都很文明，这句话可落伍。还像旧式女人把死来要挟丈

夫的作风,不过不用刀子、绳子、砒霜,而用抽象的'气',这是不是精神文明?"(396页)

用"精神文明"一词调侃孙柔嘉,属于几十年后的偶然预见。

鸿渐走出门,神经麻木,不感觉冷,意识里只有左颊在发烫。头脑里,情思弥漫纷乱像个北风飘雪片的天空。他信脚走着,彻夜不睡的路灯把他的影子一盏盏彼此递交。他仿佛另外有一个自己在说:"完了!完了!"散杂的心思立刻一撮似的集中,开始觉得伤心。左颊忽然星星作痛,他一摸湿腻腻的,以为是血,吓得心倒定了,腿里发软。走到灯下,瞧手指上没有痕迹,才知道流了眼泪。同时感到周身疲乏、肚子饥饿。鸿渐本能地伸手进口袋,想等个叫卖的小贩,买个面包,恍然记起身上没有钱。(413页)

这种高度浓缩的泪,引出来人类生存状态的文学描述,前无古人。

> 那只祖传的老钟从容自在地打起来，仿佛积蓄了半天的时间，等夜深人静，搬出来一一细数："当、当、当、当、当、当"响了六下。六点钟是五个钟头以前，那时候鸿渐在回家的路上走，蓄心要待柔嘉好，劝她别再为昨天的事弄得夫妇不欢；那时候，柔嘉在家里等鸿渐回来吃晚饭，希望他会跟姑母和好，到她厂里做事。这个时间落伍的计时机无意中包含对人生的讽刺和感伤，深于一切语言、一切啼笑。(415 页)

老钟的六下自打，深于一切语言、一切啼笑。故事结束，又似并未结束。

作者大概由于太过注意结尾部分意象造化，谨慎一生的作者，却在此处忽略了数量计算，竟把响声和实际时间算错——就像他数学考试只有十五分一个样。到八十年代，德文译本翻译莫宜佳女士认真指出这个问题，作者对出版许久的正文作出修改，并说明错误由莫宜佳女士发觉。（见 1982 年 12 月第三次印刷序）极端聪敏的作者，似乎又被认真的德国人惊醒回来了。

七、主题（下）

合上气象万千的《围城》，每位读者必会深思良久。深思者也许会有一个或两三个答案，甚至为此而争论不休莫衷一是。作者堪称文坛如椽大笔，同时用他深邃思想，挥舞金色飞刀，偏偏穿行在时聚时散迷雾当中。他既没有莎士比亚“自杀他杀”主题，更没有塞万提斯《堂吉诃德》“大战风车”豪幻之气概，在几乎平稳情节里，反而让我们疑心揣测不止。关键问题在于：《围城》究竟写的是什么？要表达的思想和主题又是什么？这十分像一个高中生向作者提出的既浅显又幼稚的问题。

1957 年冬，我在北京八中求学，高中二年级吕俊华老师给我们班上语文课，这位 20 世纪 40 年代北京大学毕业生，使我投身理工学科的心愿动摇，燃起了对古典和外国文学浓烈兴趣。吕老师视域宽、方法新，根本不会受课本的限制。他曾用戏剧化朗诵方式，在作文课上介绍普希金的《上尉的女儿》、梅里美的《伊尔的美神》等。他指出，作为世界最优秀的文学作品，有能朗读，有不能读出声来的叫阅读。但对真正戏剧化的作品你要有声有色地享受它，只能搭台演出。例如王实甫的《西厢记》、汤显祖的《牡丹亭》、洪升的《长生殿》就是这类顶尖作品。

当然后来我逐渐理解，还有更为极端的情况，演出者必须是富有个性的艺术家。其典型例子，恐怕也只有意大利的一老一少了。老者吉利（Beniamino Gigli），少者罗伯蒂尼（Robertino Romantica），听他们和张权、邓丽君那样许多歌唱家的歌，好像帮我们查字典，让人明白一个“唱”字该怎么写。表达作品，非常复杂，只有最接近书面文本才简明恒久。吕老师“语文课”的诸多细节，正与后来我强以为师的钱锺书先生曲异工同。

其间，我偶然得到一本无封面封底的《围城》，我请教吕老师，下一步能否为我们开读。吕老师笑了，他的笑，让人觉得很像方鸿渐，让人捉摸不定。但他说：“不可以。”我立刻寻找与老师朗读理论的关联，难道是《围城》不适合读出声来？我错了。他纠正说：

“这是一本非常好的中国小说，可惜没有好译本，一旦有，必居世界前列。现在存书都是竖排繁体旧印，课本不能选，也不敢选，两者都是暂时的现象，那都不是不能朗读的原因。《围城》思想很深，文字姣好。要读它必须静下心来，一字一字地看，然后一句一句地思想。如果我一读完再给你们一讲，听都听不明白，更不会知道感受它的美妙，反倒会让多数青年真害怕起文学来，不能读，也不能讲。”一生中两位老师，一位一字一字写，一位一字一句看，一脉贯通，气吞长虹。当时高三（6）的班报，每周一期，稿子不多，我曾写一篇小稿填空，记录下这件小事。历经一个花甲子，每逢几年之间老同学的相聚，政治环境变化，总会引出这件小事，结论有如年轮，评论近似而又会不同。如今八九高龄、身体依然健硕的吕老师，永远是受学生欢迎的语文老师，我们希望他为我们补讲这一课。特殊作品，伴以好的讲释，有如打开魔盒，延续着我们文化的辉煌。

当年的“五七”干校，劳作之余尚可田野信步，那时自以为重任在肩，话题也常被我拉到《围城》主题上，作者本人总是干脆拒绝。“不谈禁书”“自己去想”，是我得到的次数最多的回答。只有少数几次出于偶然，甚至就是因为帮他做一点儿小事，经常也会意外取得大的酬劳，他非常像和吕老师相呼应。我记得，有一次为达到目的竟说：“钱先生，我瞪着眼睛，闭上嘴，您看我没打正方形的‘呵欠’呀！”先生一怔，一句反用《围城》的话，让他笑了。他算是终于在我乞求之下大开其口了。现在就把我以前零散听到的综合记录下来，集中编辑如下：

《围城》是写人的，也可以说是在人生舞台写人，台子可能大到无边，也可能小到眼前。我不是编剧，我不会导演，更不能当演员。我也不会在经济那么困难的时候，花钱买票做观众，去时而捧腹大笑，时而暗自流泪。如果一定要我去剧院，我只能做那个在幕后，背着木头梯子，登到高高天幕的架子上，打开聚光灯的人。

《围城》主人公说是方鸿渐，赵辛楣也可以算一个，我立意写的应该就是人，不单单是中国人，更不是留洋回来的知识分子。我一再说，我是在写人，大一点说是写世界人类的困苦。至于具体主题，我无法“照明”，仁者见仁，智者见智啰。

然后智者的微笑在眉眼间展开，静静地、似乎在问：“你用功想，懂了？”

以上两节钱先生的话，曾几次出现在我的笔记上，不是我抄写几次，而是先生说过不止一回。

钱锺书在他的青少年时代，养成或天性喜读书，好书认真反复读，闲书也读来津津有味，武侠和探案作品亦无所不知。学问大成之后，他一直主张，许多文学作品研究家，不能因作者、书商和版本等问题而考据，争论不休，更不能用这种方法把二三流作品推到顶峰。何况考据家功夫并不到家，甚至把关于自己至爱的作品不完全可信的伪证当作史实，得出无关宏旨的结论。因此，我的发问和求证过程，特别是关于主要人物对号问题上，先生只说是、不是，但一涉及主题，他倒点火说，可以研究，值得考据，因为那是被他“花费心思”隐藏起来了。或者可以用来“上专案”“办学习班”“搞逼供信”之类。此时他最常说，“去看《福尔摩斯》吧”，那意味着他深信，主题未被侦破视穿。

那时我常想起下干校之前，钱先生开始托我借书，便得知他唯一的业余爱好也是读书。一次次借书单，大部分是英文或德文的“探案小说”。连德国的《围城》译者莫宜佳女士，送钱先生“玩具”也选定为《福尔摩斯探案全集》的英文原版电视剧。我们一直相信，没有比翻译家更了解体谅作家的了，何况是一位德国的女性大学者。当时电视台正在播《围城》，钱先生只看几眼，一边说“不要看”，一边打开录像机去看《福尔摩斯》了。

当然，我的寻访很努力，但似乎总离题太远。笔记上还曾有“小说《围城》不是依仗情节和人物揭示作品的主题，而是主要使用人物在特定环境中的思索和言语呈现出作品的主题。”我在这条下的附记云：“师云，像洋人不着头脑的分析，把方法错安为主题，错！”

关于我的主题之问，作者自己最最精确的回答，完全出读者、研究者意料之外，应该是印在《围城》书首《序》下面的一段从不受人重视的文字：

> 在这本书里，我想写现代中国某一部分社会、某一类人物。写这类人，我没忘记他们是人类，只是人类，具有无毛两足动物的基本根性。（1页，民国三十五年[1946年]十二月十五日序）

这节文字，源于西方语汇：“我们人类只是无毛的猿。”（We human beings are just hairless apes.）这是一个有两面性的语句。作者显然仅使用了正面语义，这便是小说《围城》所要写的内容。

我在“五七”干校所记的“札记”中还有钱先生口头引用的一段话，与此不太一致：“柏拉图一次讲课，说人是‘没有毛的两足动物。’第二天，某人弄了只鸡，褪去羽毛，拿给柏拉图说：这是你的‘人’。柏愧而改之。《孔子家语》中有‘偶而无毛谓之人’之说。”

两年多在战火中的孤岛上海，含辛茹苦创作的小说，完成后，只恐读者不解，于是有了一篇短得不能再短的序言，意味深长，也最令人琢磨不定的话是：“我没忘记”，可以肯定那是《围城》中最不能忽略的话。

这是没有任何戏谑的“正经话”，任何读者、研究者、评论者，都不能当做“轻松的敷衍”或“官话”。这篇序，是研究《围城》最重要的第一手资料。作者经过两年多努力，先是在杂志上连载，获得了许多好评，最后全书连载完成时，写出这篇序，首先写到这一节文字，把现代社会人物一下引到“人类的根性”，直奔主题。但在读者心目中，评者稿纸上，都没有受到重视。如果作家不是有意，会这样写吗？我们再结合已列举出作品的蛛丝马迹，偏见不具，食笋剥衣，主题自然呈现。《围城》的主题是一个顶天立地的大题目，既是人类最根本的哲学命题，也是最深入的文学难题。《围城》似乎轻而易举地完成了这两个题目。人性的特征和缺欠，情节的平白和奇诡，都不会成为《围城》呈现主题的方式和办法。

钱先生在八十岁生日之际，在我替出版社写的《写在人生边上·出版后记》上，曾首次使用老人家郑重为自己定位的“作家学者”称谓。此中深意，往往不为多数读者所了解。

“作家”是创作家的简称，主司文学，从艺术层面看，应该用形象思维方式进行文字创作，使之表达作者本人的情感和思想，其作品极具只此一家的个性。

“学者”是学术家的简称，主司科学，从学术层面看，应该是用抽象思维方式进行科学研究，使之穿凿自然和社会的因由和构成，其成果具有等待大家验证的共性。

当一名“作家”，可以；当一名“学者”，可以。

把两位选加起来，“学者作家”，尚可称之二三人，属作家群；如经海选“作家学者”，惟钱锺书一人耳，正归学者群。文字小移，称谓般配，力拔山兮气盖世。

正如钱锺书先生在舒展先生所编《论学文选》一篇“提要”中所说“作家不同于理论家的才具，正是表现在：对于人的情感溢亏生克的辩证法的揣摹，并探索其变化的奥秘。”（见《钱锺书论学文选》105页，1991年，花城出版社）

钱锺书先生奉行的“作家学者”并非是二者的糅合，而是化合。作家是通称，学者为实名。他常说自己，既不做反面教员，也不做正面教员。其核心是政治很重要，但那不是他的职业，也不是兴趣所在。毕其一生，能够像诗人白居易所谓“风飘雨洒帘帷故，竹映松遮灯火深。”（《期宿客不至》），“信步闲庭”，不受毫发之伤，又能完满地完成感性的形象思维的《围城》和理性的抽象思维的《管锥编》，从而实现了历史上非常少见的“作家学者”的目标，我们只能叹说那是一个大智慧的果实。关于这一点，一位深谙佛学的友人范公业强多次开导我，钱锺书的智慧正如佛家禅宗所说的两句话，第一句为“惟佛能知，惟佛能说”的“一切种智”。第二句为“一灯能除千年暗，一智能灭万年愚”（均参见新出《禅宗六祖师集》）。结论应在清雍正帝署名著作《宗镜大纲》卷六所论，那“即是真实智慧也。”

钱锺书用他的一生，用他超越常人的智慧、记忆和语言控制力，勤奋读书。那时没有电脑，更没有数据雲（此字不能简化），所以三十五年来，我有幸被选中，爬书架子，得以追随先生。我们虽未达到朝夕相处的程度，更没合规地做他的学生，但每年更可谓人间独有能够见到老师百次之上。令人惊讶的事实是：几乎每次见他，他总是拿着书，甚至干脆就是在读书。我只是近朱则赤，放弃了玩心闲心以及任何名誉待遇，耐得住孤独和委曲，我是一名可信的证人。

阅读使他获得海量知识，深入的思索又使阅读积累升华为智慧。《围城》应该就是稀见的智慧产品。

作者的聪敏，不是小机巧，而是大智慧。他有一身大胸怀，又有读不尽天下书，不摘眼镜、不放笔、不关灯的大目标。只有读遍他的全部著作，才能真正了解其人。钱先生历来特别珍重对逸诗逸文的搜集工作。辑佚是任何古籍整理必须进行的第一步，也是最困难步骤，但它早已被业界规避或忽视，甚至干脆在正式文件上“被忘记”。而钱锺书认为，每位诗文书籍作者被丢失删除的文字是研究古典最重大线索。《四库全书》被删的文字，远重于存留的废话。《论语》外的文章话语是原有的十多倍，只要有出处，就价值不比《论语》原有正文低，但肯定比注释之类高明出许多许多。他义无反顾，在规划“中国古典数字工程”时置之首位的程序便是辑佚。更是一反常态地拿出自己四十年读书笔记和大量眉批，并亲自参加第一部辑佚书《宋诗纪事补正》的编辑成书，留下了许许多多审稿批改文字。那本书完成时，他已生病住院，但仍不断关切那本他编的时间最长，一直盼着出版的书。我至今记得在那部书完成并打算正式出版时，他曾问我那本书共搜集了多少位诗人，我告他大约 3760 人。他深思了好一会儿说：“那本书真好，要不然会漏掉多少诗人呢！我的题目结束了，文学所的项目开始了。”《宋诗纪事补正》也是第一部深层应用电脑的成功实验。围绕这部书，他阅书无数，借还书几近疯狂。我是一个运输的失败者，当然我也有胜利者的喜悦。至今我存有三十五年间先生的许多借书条，即便在大革文化命的时期，钱先生借书条，在文学研究所也算是“热货”，丢失危险性极大，巧取不计，豪夺乃家常之便饭也。好在，不管在谁手里，均可作为我们文化延续的铁证。

我还曾向先生询问欧洲某名牌大学图书馆藏书情况，“藏书数量很大，我用近一年时间，读完了我需要读的书籍。”若干年之后据友人回忆，由他陪同先生走过一座世界最著名图书馆的书库通道时，先生情不自禁地说：“我从未见过这么多我不想读的书。”同时我又忆及在1948年初的台北，他说他不能留在没有书可读的地方。后来在“五七”干校，杨绛先生任职菜园班，在讨论去留之际，他的“可惜无书”之叹。就这么一个个轻巧的回答和描述，让人恐怖得几近崩溃。我常想，只用一个“书虫”“书痴”真不能概括形容他。

再随便举一个例子，显然属于特异功能：凡他读过的书，他都会记住需要的内容，主要是能记在脑子中，剩余的便记在笔记里。钱先生一听此话，会说，“你说反了。我记笔记在先，一写下来，就不会用脑子记了。”我的回应现在想起来也有趣：“怪不得您让我核实引书原始出处，有错地方大多出自您的笔记。”大家都认定“脑袋不如烂笔头”，钱先生不是凡人，但他的笔记确实不如他的记忆。他的笔记每一个字都非常重要，既不能删，更不能改。

更让人匪夷所思的是，读过的书他再经手，一下子便可找到原文所在。有一次在所内书库，有六七位借书者，我登高把书册拿下一次，他核对一处出处正文换一次，连续十来次，供不应求，众多借书者无不称叹。不料结尾一项，竟让看客们掌声哄起：钱先生指出，十多年前他曾读过此书，绝无缺页。他玩笑地说：“查查，是否为吴某某借过？”这个典故很深，不宜说透。读者或许会问：“为什么？”文学所谁都明白，钱先生并没有攻击任何人行为不端，一切只能证明，钱先生记忆超人，读书超世，幽默超凡。

还有件引人兴趣的小事，在此一并记下。那是钱先生第三次经我手借《东坡集》，我送到他已搬来许久的南沙沟新房的书桌前说：“您就是偏心。”指的是他历来夸奖苏翁，我总说他“不遗余力”捧苏，这次先生“以攻为守”了——“请少用几个字来描述他，五字为限吧。”文字游戏是先生的偏好。

“六个字‘诗情’‘酒饭’‘为官’。”

“字多一个，重来。”

“‘诗’‘酒’‘官’。”

“好。真好。”前面一个好字是赏我，后边的“真好”显然是针对在《东坡集》上已经找到并核实无误的苏诗。先生那么快，那么急，像个小孩子。然后往往就像外公要留下小孙孙过两天一样，“书留下来，让我再温习一下。”对此，我早习以为常。再下边，先生会指指放在几块红砖顶住的条板上面一堆书，进入还书阶段。我一边把数十本书装入大书袋，一边叨唠着先生，“刚三天，要读多少啊。”

“不是新读，都是复习。”

我说：“孔子搬家——只有书。王朝云说苏子是满肚子‘不合时宜’。钱先生您属于孔子那派。”

先生说：“我连名字都有书，默存更需读不尽之书，还有三天两头让你这位子路同志运个不停的也是书。”

我赶快借力打力：“所以只用一个‘书’字概括您，足够。”

“怎么讲？”

“您看，‘想书’‘借书’‘读书’‘抄书’‘解书’‘讲书’‘比书’‘著书’‘补书’‘辑书’，压缩下来，只一个‘书’字啦！”先生笑，我自得。

我立刻拉上拉锁，背书上肩，听着先生说：“咳，你就剩‘送书’‘还书’两件事了。骑车给我小心着！”走到门口回头告别，他又在读了。

我没亲眼见到《围城》写作，但我看到了《管锥编》的全部写作过程，两本大书一个样，作者用他的智慧，震撼着世界，充分证明聪敏的人类，足以逐步解开人类自身的种种谜团。

事实还证明，对人类自身特别是人类思想的探索，非常深奥。自然科学、生物学当中的医学最困难，而有关人类思维、感情的探索，尤其困难。钱先生不畏艰难，读遍一切需要读的书籍，经过精审科学分析，化以模糊形象结构，播散幽默深邃的笑声，甚至舞弄魔术家智棒，使其文字有如天雨和飓风，表述着古今旷世思索成果，催人猛醒。这就是作家学者钱锺书和他的《围城》及其《管锥编》。

当然，对于文学作品，从来是仁者见仁，智者见智。尚未结婚者，读过《围城》慎重结婚；已经结婚者，读过《围城》谨慎离婚。尽管不可能深读洞穿，但能够浅显理解，也应算是好事一桩。《围城》的深层主题不被认识，并不会影响阅读的趣味，更不会阻碍浅层主旨立意浮出水面。深入的主题探索，却能把感情结论顺畅地引入理性探索的深度。钱先生赞成“城里的人想出去”和“城外的人想进去”，对“想进而进不去”“想出而出不来”的困境也会“举双手赞成”，《围城》写的就是人，人类，人类困境，人生困境，全人类的困境——文学和哲学共同终极难题。

为解决人生哲学难题，因此总缩人生的思想，成为写作的重点内容，要把它写好写深，就需要把传统小说中人物和情节当成辅助手段，也是作者精妙的文字和人物生动机敏言语，推动读者逻辑思绪，产生哲学思辨的果实，从而描述不可名状的人生。这个复杂化结果，充分宣示着作者文学力量。而人物方鸿渐从群体、家庭、职业、宗派、信仰、民族、国家、社会和阶级，带着被弱化的痕迹，而又能充分个体化、精神化。同时我们可以认为方鸿渐已被作者充分语言和文字化。其文学魅力强度远胜于鲜活的绘画。作者单一化预设，给自己文学创作规定了最大的难题。

《围城》以思想作为核心，简直可以直截了当地将其称作独一无二的“思想小说”。思索、分析，以及文字描述是《围城》创作的基本方法。情节和人物不是不要，而是使其处于下游从属位置。因此，《围城》由其诞生之日起，要么受到规矩人的误解，要么也会招来嫉妒者的攻讦。我曾猜测，这是钱锺书先生要“用小说”“打败小说”的代价。近百年来，“白话小说”“文言小说”“笔记小说”“章回小说”“言情小说”，甚至“恐怖小说”“魔幻小说”，均可大行岁月，唯独最最难作成的“思想小说”没人写。能写得尽善尽美，反遭诟病，《围城》代价是不是有点大？“那小说，我不写，饿肚子也不。”以小说填补居孤岛之家用，正是小说《围城》研究者共有的结论。岂知稻粱之谋，乃经济之学，绝非钱锺书所构建小说之哲学基础也。

在学部干校我也曾试着对偶之文，其中偶存数句述及此事，可选录于次，以博一粲：人物到处有，情节随意拣。遍访西方圣，探出大世界。打开通天窗，挥洒无名花。驾我骏汉字，道尽人间理。

钱先生一生拒绝媚俗，而这种拒绝的反骨，恰恰是推动艺术和学术进步的不朽动力。钱先生一生也拒绝缠斗，而这种拒绝的成功，恰恰为他赢得时间和空间，为人类写出最优秀的关于人类自身的作品。他的伟大情怀，来自人类固有的艰难情感和孤独，致力坚韧深凿，吸吮人类文化的源头之水，从而构成钱先生一生的巨大财富。从这一点上来说，大书《管锥编》和《围城》没有不同，只是《围城》在先，《管锥编》在后，前者写人情，后者写人理。这既合自然次第，又合逻辑顺序。

钱先生所说《围城》是部小说，它是用来打（倒）小说的。重思想，轻人物，更轻情节是战胜一般小说的代价，或者说是必要的方法、高明的手段、天才的技巧。至于说生动鲜活的文字语言，我们已经列举许多，可谓武器精良，岂有不胜之理哉。

《围城》的诞生以及其主题的未解之迷，应该说是人类历史上既偶然而又必然的事实。这本小说所引起的轰动也是与其地位相对称的。今天是否读过《围城》，似乎早已成为一张学历文凭。我曾冒失地问作者，为什么自己不译《围城》的英语译本。他非常严肃地告诉我："不是不能翻译，而是我不译。因为容纳不下，表达不到，兴味不足。"这里所指的"不译"，应该说是包括主题的。

八、余话（上）

为探究《围城》主题，费去我不少心思，花掉许多时光，得到的却是一个简单结论，但我不曾觉得自己可笑。一个无知者，在不知不觉之中，能走近作者作品，得以“知心”“会心”，使我在为《管锥编》工作里学有所获，一本万利，乐不可支。在不短的日子里，《围城》未曾移动半步，更没有想去牵就任何人，其人物一位位地落地，其情节一段段地再现，妙喻、预言、猜想和场景有如走马灯般，向读者证实著作者概括思想和艺术表达的高超能力。更让我们出乎意料外，作品并不因应时而过时，反倒让读者感到社会和周围人群都在进步，《围城》总能帮我们看透往昔以及预见来日的那些各式各样“围城”，甚至真能够使人们冲出城外去或走进城里来。

1946 年 2 月起，《围城》先在上海杂志《文艺复兴》第一卷第二期上连载发表，共六期，至 1947 年 1

月第一期全文终了。这部人类史上不可小觑的精致的文学作品，展现着中华文化人不屈性格和高尚文学造诣，同时正如郑振铎、李健吾先生在《文艺复兴·发刊词》中所说的，“文学的任务是：开启了新的世界，新的时代，发现了‘人’”，“为新的中国而工作，为中国的文艺复兴而工作”。很快，单行本《围城》于 1947 年 5 月正式由上海晨光出版社出版，两年间两次再版加印，每版逾万，已属于畅销书之列。

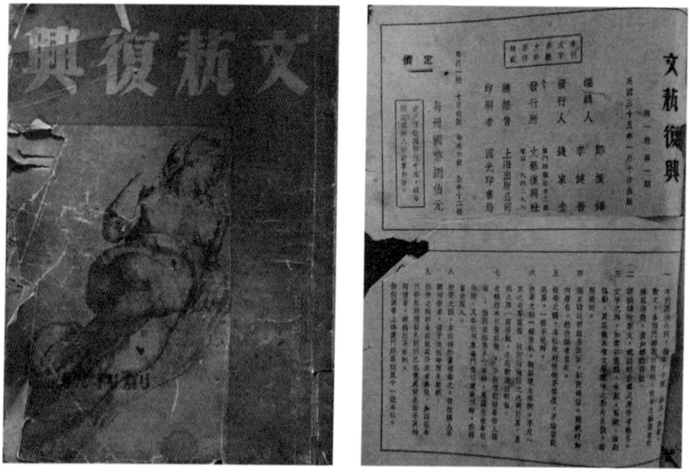

《文艺复兴》1946 年创刊号封面和版权页

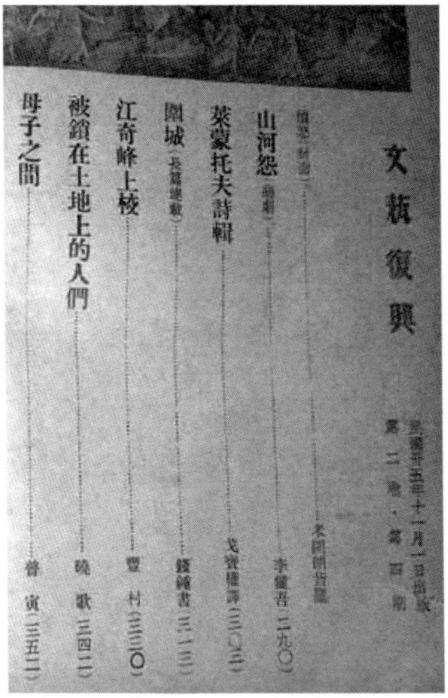

《文艺复兴》目录

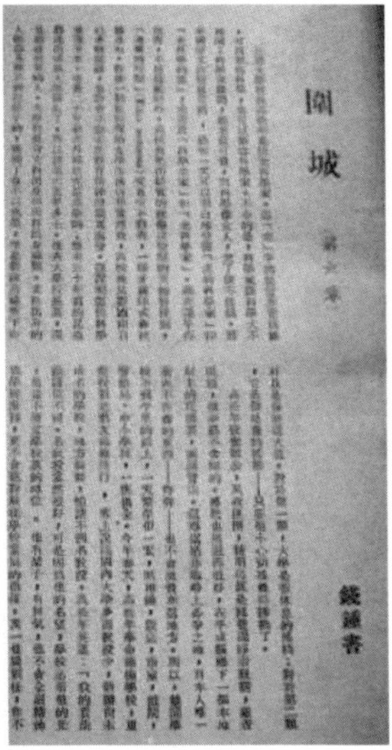
圍城

錢鍾書

《围城》连载

其后三十年间，大陆与台湾双方，政见不一，军事对立，文化阻隔，但对《围城》采取了相同的政策——未予印刷和发行。令我吃惊的反倒是，我并未找见任何相关的禁令。一位友人为此嘲笑我，我接受。书籍一禁，对以营利为目标的书商反有一便，可以绕过作者蒙蔽读者，盗印盗售，不负责任，不必再假填印数，以错字误简成灾，赢获更大利益。我们将能够搜集到的各种印本的封面集中在一起，哪个看得出谁正版谁盗版，算是别有一番风趣。

上海晨光出版社
1947 年 5 月

上海晨光出版社
1948 年 9 月

香港基本 1980 年

台湾辅欣 1979 年

台湾金安 1982 年

台湾文史哲 1984 年

台湾谷风 1987 年

台湾全兴 1988 年

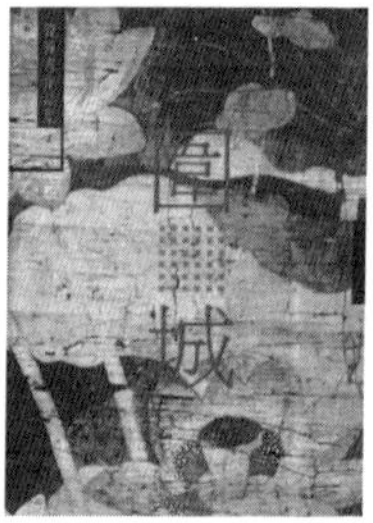

台湾书林出版 1999 年

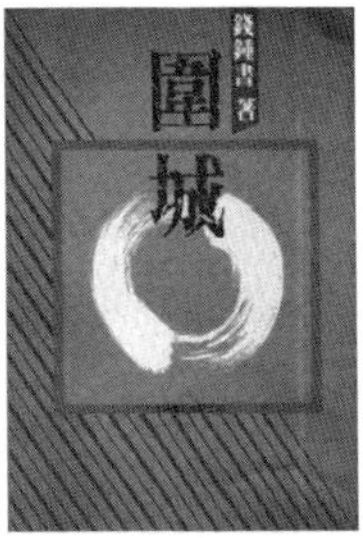

香港天地图书
1996 年

人民文学 1980 年

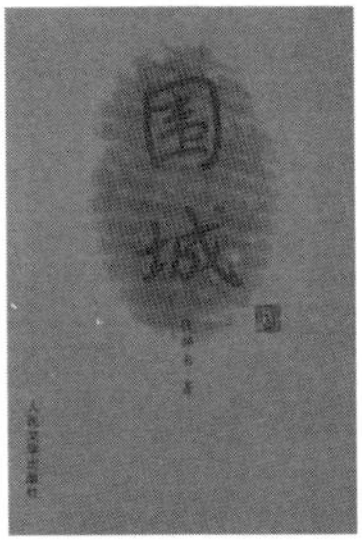

人民文学 1988 年

人民文学 2003 年

人民文学 2006 年

人民文学 2012 年

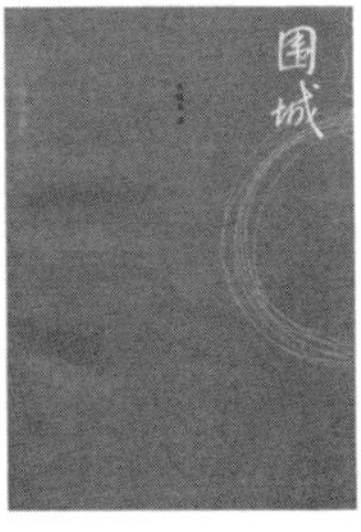

人民文学 2013 年

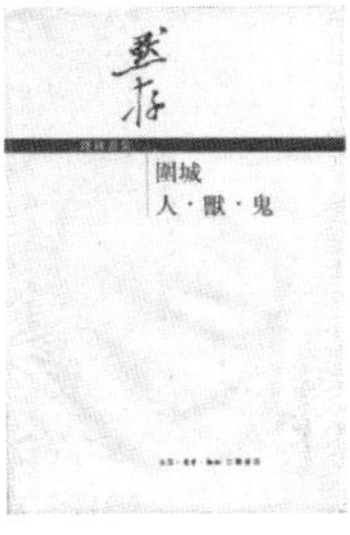

三联出版社 2001 年

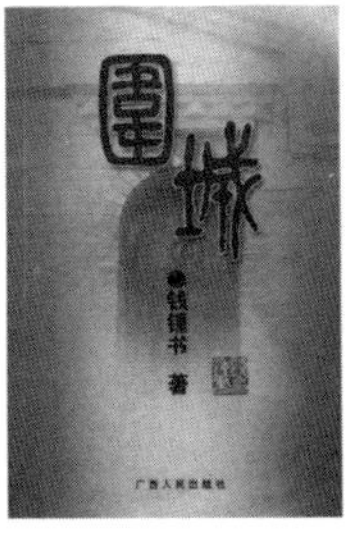

广西人民 2001 年

宁夏人民 2008 年

作家出版社 2007 年

作家出版社 2009 年

四川文艺 1991 年

北岳文艺 2013 年

华语教学 2008 年

外语教学研究
2016 年

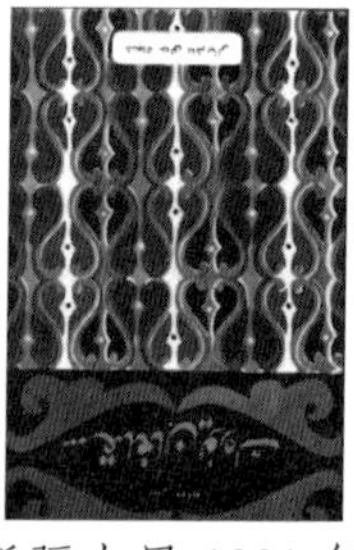

新疆人民 1991 年
维文版

美国印第安纳大学
出版社 1979 年英文版

莫斯科文学出版社1980年俄文版

法国克里斯蒂安·布热瓦1987年法文版

德国法兰克福出版社1988年德文版

西班牙阿纳格拉玛出版社1992年西班牙文版

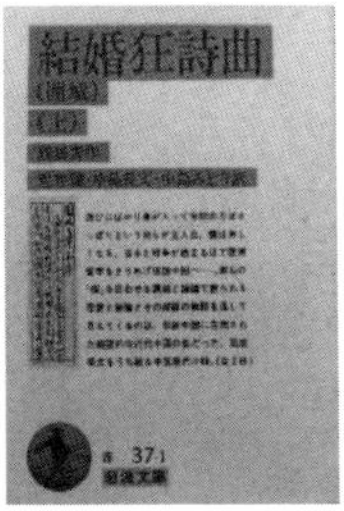

日本岩波书店1988年日文版

韩国实录出版社1994年韩文版

1980年10月之前，由于《管锥编》的出版推动，人民文学出版社率先悄悄地出版了《围城》小说，正如当年不允印刷出版一样，无痕无迹可寻，冬日里冻萎枯黄，而今春风中雄壮油绿，第一版印数即达十三万册，至1982年冬，时间刚好两年，已第三次印刷。至2015年11月，印刷已有十三次，据版权登记该社一家所印已逾百万册。这一时期台湾、香港同步随之。至于长期连续非法出版印制者，则不可胜记。世界各地纷纷出现有英、法、德、俄、日、西、韩，甚至还有我国少数民族语译本。四十年来受到许多读者的欢迎，形成了一支庞大的铁杆粉丝读者队伍，甚至可以说该书成为“长效创收”的基本书。其间曾有人设想为之易主与《洗澡》并出，一位老出版家竟立即提升稿酬，垂泪陈辞挽留，同时改为版税制，这些都是后话。由本人经管阶段，作者所得印数稿酬可以说却畸轻得可笑。一位在高法工作的友人曾十分严肃地告诉我，有关《围城》的案件发生率不低。

让我们再回到学部“五七”干校，公平地说，对《围城》从未当作重点来批判，或许认为它绝不可能重新出版，对死老虎的政治结论自然也是“再踏上一只脚，永世不得翻身”啊，谁也不必再公开谈论其是非曲直。事实也摆在那里，包括并不趋时的革命文艺理论家，也不可能想得到，《围城》还能受到如此多的欢迎和大的赞赏，甚至达到狂热的温度，一下子有三四部续书写出来，甚至还有一本《之后》，正式出版，引起法律干预。

从 1977 年 5 月 7 日起，学部更名为中国社会科学院。1978 年 8 月 31 日至 9 月 23 日，钱锺书作为中国学术代表团成员，赴意大利参加第26届“欧洲研究中国”会议并访问意大利。团长为许涤新，团员还有夏鼐和丁伟志。1979年4月16日至5月16日由宦乡任团长的中国社会科学代表团，赴美访问。1980年7月21日，钱锺书被任命为中国社会科学院院务委员，11 月赴日本访问，在早稻田大学和爱知大学等学术机构演讲。此后，钱先生绝无仅有地向院领导提出“今后不再出国访问”。1982年6月14日钱锺书被任命为中国社会科学院副院长，后任院特邀顾问至1998年逝世。

关于这位《围城》作者这个阶段诸多状况，我们回忆起来，兴奋之余总有一些遗憾。钱锺书先生作为中国文化和社会科学的表率人物，他的国外之旅，展示出中国文化的魅力，呈现着中国文化成就，表白了改革开放胸怀的壮丽之行，并未得到相应的全面记录、搜集和报道。在国内报刊发表的文章之中，最具权威性的是社科院副院长丁伟志先生写的《送默存先生远行》一文，非常精彩生动。丁先生说：

> 1978年9月在意大利参加欧洲研究中国协会第26次会议期间，在意大利朝夕相处的二十多天里，我渐渐地更加深刻地领会了他的博学、他的才华、他的机敏、他的深刻、他的幽默、他的高洁。

他当年的音容笑貌,至今仍历历如在目前。记得在意大利北部山城奥蒂赛依举行会议的第二天,即9月5日的上午,钱先生在学者云集的大厅里,登台发表讲演。他用标准伦敦音的流利英语(不是像有的传记中所说的用意大利语),神采飞扬、旁征博引地论述了中国和意大利间文化交往的历史,预测了中国和欧洲文化间交往的良好前景。钱先生以文学家的激情,呼吁"中国和欧洲不再隔绝"。他祝愿"马可·波罗桥(即卢沟桥)将成为中欧文化长远交流的象征"。钱先生的讲演,使得会场空前活跃起来;讲演后他在对各国学者提问的回答中,把英、法、德等国的文学典故、民间谚语,信手拈来,如数家珍,语惊四座,更使得会议进入了高潮。法国学者于儒伯,用汉语提问,钱先生当即用法语援引法国文献加以回答,于儒伯先生听了,立即大声说:"他知道的法国东西,比我还多!"引起了全场一片赞叹的轰动。法国的《世界报》对这次会议所作的报道中,十分生动地说出了欧洲学者们聆听钱先生讲演的强烈感受。报道写道:"听着这位才气横溢、充满感情的人的讲话,人们有这样的感觉,在整个文化被剥夺的近十年后，思想的世界又开始复苏了。”那时在场的我，真是激动万分。我真正感受到，钱先生确实是中国文化的光荣，或者说，现代的中国文化由于有钱先生这样杰出的代表而倍生荣光。我多么由衷地庆幸我们国家，在大劫之后，居然还会保存下来了这样出类拔萃的大学问家。正是有赖于此，在经历了十年浩劫的折磨之后，我们国家的“思想的世界”才能够“又开始复苏”。会下，钱先生成了欧洲学者们包围的对象。

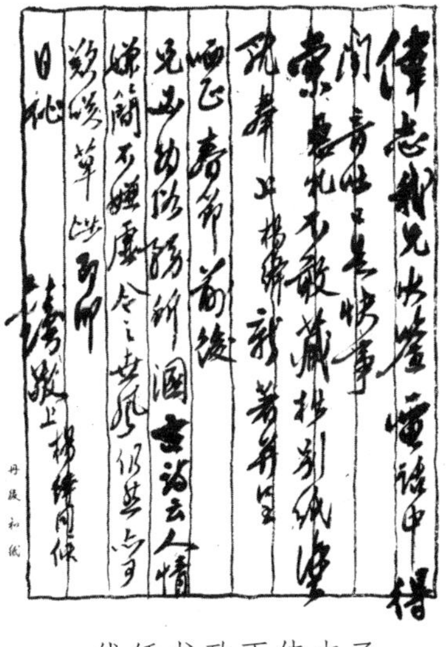

钱锺书致丁伟志函

他访美归来，我高兴地称道，“十分漂亮非常圆满地完成了全部任务”“获得了极高的声誉”，不料我这两句通行的欢迎词，并未依例惹来钱先生的指斥。那时他反倒羞怯地说，在美国机场丢失机票，全因季康和你们娇惯伺候所致。而事后让人感到意外的是：尽管那个时节，《围城》国际声名高涨，读者大量增加，但都未能推动对《围城》的研究，其中包括文学研究所。

《围城》发表，“妙”字用得最多。1947 年底，彭斐在上海《文艺先峰》杂志上发表《围城评介》一文，就是以“妙”字起头写的。该文下来才称：“读者们往往捉摸不到全书的主题，忽略了故事的进展，甚至记不起人物的性格。”应该说这是《围城》自面世以来一个永恒的疑问。当然，他们在认同钱先生自己摆在书面的“出来进去说”以外，如果像《评介》一文把《围城》概括为“一服清凉剂”，就露出不可名状的平庸来。

在海外，和国内有些不同，美国哥伦比亚大学夏志清教授，于 1961 年出版的《中国现代小说史》一书最引人注目。我说的注目，首先是从钱先生言谈中得到的。大约是 1975 年完成《管锥编》之前，先生方才读到友人借读的“夏史”。夏先生的议论一扫《围城》出版以来被表面化的沉寂，沉寂当中偶有称道甚至叫好，也显得苍白无力，既无共振，更无通感可言。夏先生的书，首先做到振聋发聩，他说：“《围城》是中国近代文学中最有趣和最用心经营的小说，可能亦是最伟大的一部。”女主人公“是现代中国小说中最细致的一个女性造像”。甚至“差不多所有小说中的讽刺写照都非常令人发噱”。最有趣的是夏先生不但在他《文学史》中设立了“钱锺书”专章，同时竟将小说结尾部分，大约六七千字原文照录，其惜爱之情，溢于史表。

许多年之后，夏先生来京，曾专访钱锺书。我曾在文章中提到其中一次有我在场，他们的谈话多使用外语。其间，我没听到他们说起《围城》。

1980 年台北成文出版社的《中国现代文学研究丛刊》中有周锦先生所著《围城研究》一书，于 1981 年 6 月 8 日由马力先生从香港带来送给钱先生。客人走后，钱先生照惯例翻读一遍，在该书首页题字，仅称“观之笑来”四字，并判曰：所作“想是台湾文流也”，显然并未入先生法眼。周锦先生以《围城》九章边叙边议，其最后结论是：“《围城》不是顶好的长篇小说，但它有着不同于一般长篇小说的风格，有它特别的成就。”这样的评价，是关于《围城》最通行的文本格式，具有广泛的代表性。《围城》作者，把自己的主题思想艺术化，使用无以伦比的精美文字将其包裹起来，交予评论家，显然失策。

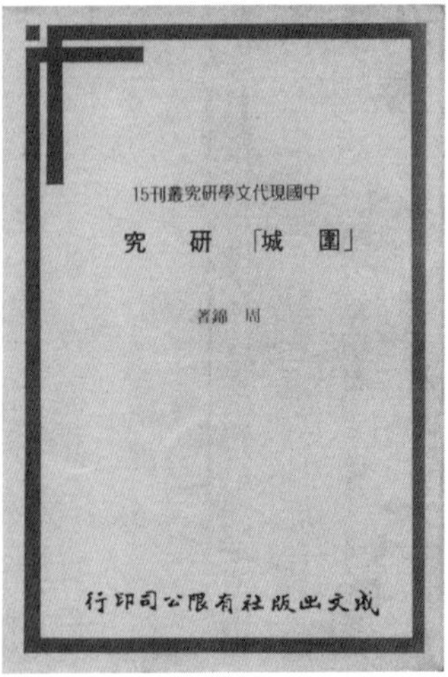

周锦先生《围城研究》

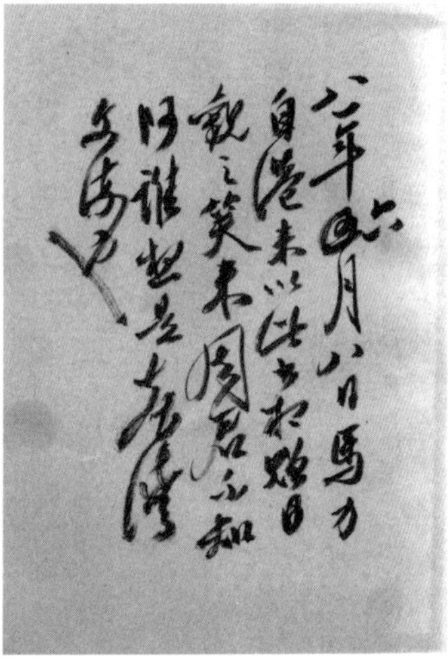

钱先生首页题字

直至1986年春，忽然有多家欧洲报刊预测，《围城》或将与“诺贝尔文学奖”相关，风声一阵紧似一阵。此前几年，钱宅曾有后来荣任该奖评委马悦然先生造访。据我记忆会面并未涉及《围城》本身，更没谈论“诺奖”，气氛算得上融洽。但两国顶级学人所谈，多使用非汉语，故我只能知其一二。正如夏志清先生拜访钱先生，所谈大部分使用英语，钱先生着力用中文说他们“不懂政治”，都给我留下深刻的记忆。钱先生从来坚持原则看法，对自己作品非常自信，他完全能正确判断，多数读者尚未读懂解谜，因此在自信基础之上，另添加几分自得。外界一切解说，一切所谓批评，他认为“浪费时间”“分散精力”，甚至“自寻麻烦”显得“庸俗无聊”“不得要领”“根本没有读到读懂”等，正如前面所引致丁先生函中不易认明的文字：“今之世风仍然，亦可叹笑”矣。

报刊大刮“获奖风”当头，钱先生问我：“有相熟记者吗？”我无法回答。因为历来怕记者叨扰先生，我经常有意疏远他们，免去为采访写稿一开尊口，或由此让先生拒绝招怨。这次钱先生问下话来，似属有违常态，故我多日没有回复，先生一定怪我“不知心”，所以后来钱先生有了“瓮鳖”之喻。

三月中旬，有作协吴泰昌先生陪中新社香港分社记者来访，适逢其时，钱先生自然会被问到“诺奖”问题。访问者很快应钱先生之嘱，寄送来样稿，请先生审改。作者写得很谨慎小心，钱先生说：“一般记者胆子都大，可这位胆子小。”第二天，我从钱先生处带走稿子时，多了两页钱先生亲笔书写的加页，专谈“诺奖”。稿件经吴先生返致作者，似乎后在香港发表。其中关于“诺奖”部分，《文艺报》在第一版刊头，特别在北京发表了类似摘要的简明版本：《著名学者钱锺书最近发表对“诺贝尔文学奖”看法》一文（见 1986 年 4 月 5 日《文艺报》，总 478 期，在此应特别感激长期在中国作协工作的寒小风先生帮助找得珍贵之文）。

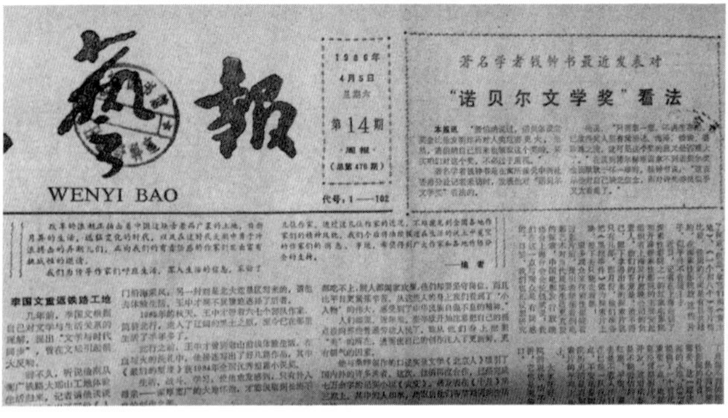
WENYI BAO

第14期

代号：1——102

著名学者钱钟书最近发表对

“诺贝尔文学奖”看法

著名学者钱锺书最近发表对
“诺贝尔文学奖”看法

本报讯"萧伯纳说过,诺贝尔设立奖金比他发明炸药对人类危害更大。当然,萧伯纳自己后来也领取这个奖的。其实咱们对这个奖,不必过于重视。"

著名学者钱锺书是在寓所接受中新社香港分社记者采访时,发表他对"诺贝尔文学奖"看法的。

他说:"只要想一想,不讲生存的,已故得奖人里有黛丽达,海泽,倭铿,赛珍珠之流,就可见这个奖的意义是否重大了。"在谈到博尔赫斯因拿不到诺贝尔奖金而耿耿于怀一事时,钱锺书说:"这表示他对自己缺乏信念,而对评奖委员似乎又太看重了。"

作为新闻,来源含混;作为引录,亦不清晰。总与我记下的印象不合,更比先生平日议论内容,少掉许多诺奖漏洞之例。但钱先生明白,他们"全是好心,怕我惹是非。几句话,也算可以了。诺奖,诺诺之奖,不过尔尔。"

"看法"文章发表之后,又有其他报刊相继转载,一时还不能为业界所理解，日子久了，也未得到普通读者的共识。先生话已说完，灯光熄灭，忙把大幕拉严，给文学和社科舞台留下遗憾、猜测甚至误解。为了补救，我们都认为应多搜集一些钱先生可以公开的言谈。钱先生曾说，事由《围城》起，我不能回避。奖是人家钱，爱给谁给谁，外人无权管，想管也没有办法管。评奖虽能激促或抑制文学创作，但不可能控制文学的走向。我只希望省时省力简单解决，却给好心马教授留下“窘境”；是咱们找记者，明明“请君入瓮”，不好意思，只能说是我被“瓮中捉鳖”啦，“对、对不起”。当时我照例不应钱先生的道歉，“对不起”，他老人家说的多着呢！先生所举更多“诺奖”误例被精简只是表象，究其根本，只欠一句话：请先把《围城》读懂，理解《围城》的主题，比争“诺奖”来得重要许多。给我发奖，并不能说明你读懂了《围城》。作为追随者，历来不应对先生话语——特别是文字，有解释或评论的义务和责任，由于本人属于知情的旁观者，只能如实记下感受的印象。当然，我也不可能随时在场，事事知道。我只求先生所在空间平静，时间足够，读书方便，不受干扰而已。

上面这条剪报证明“诺奖流言”不假，但它完全能阻隔流言成真。钱锺书和马先生“谈崩”之说，从未发生。

钱先生此举，宣示他并不理会热闹奖评，同时用这样一种办法来保证自己写作的充足时间。其副作用，是在读者市场罩上了神秘色彩，隔离开和读者的距离。而客观上或许为“钱学”爱好者任由离谱文论迭出，谋私营利，创造了一些方便条件。今天，认识排除这种副作用，并不十分困难，只要提倡认真搜集、编审、阅读原作，就可以大致消除。一位友人曾说，钱锺书著作是衡量我们阅读效率、认识能力、理解深度乃至学术水平的一把尺子，其中也包括传播方向、抗干扰能力。我赞成这个说法。

钱先生终其一生，对“诺奖”的看法从未改变。早在 1944 年之前，他就曾以游戏般的手法，利用“小说”对“诺奖”“说三道四”过。钱锺书先生历来忽视自己的“少小之作”，可他从不否定自己年轻时天不怕地不怕。小说集《人兽鬼》中收有《灵感》一篇，读者都不可能猜想得到，充分展现青年天才的靶标是这样的：“诺贝尔奖金的裁判人都是些陈腐得发霉的老古董”，“奖金人选发表以后，据说中国人民全体动了义愤，这位作家本人的失望更不用提。”年轻的钱锺书转身发挥想象，记录下全社会报纸社论的四种态度：一、大骂奖金主持人“忘本”，因中国人比诺贝尔更早发明了炸药；二、异想天开，用贺喜的方式安慰作家；三、领外国人奖金，是一种耻辱，中国应设自己的奖金；四、文学应该提倡，如果作家要自己出钱设奖金提倡文学，也该受到奖励。

我们需要回溯到20世纪80年代之初，钱锺书先生和“诺奖”评委马悦然先生的交往，说是两次，其实只有一次。第二次钱先生的婉谢，恰恰正值庆祝马先生受聘“诺奖”评委的同时。钱先生向我讲谢绝马先生的具体经过，同时留给我一份他刚刚读过的旧报。因为那是一次关于《围城》和“诺奖”的短兵相接。

1991年3月9日，台湾“中央日报”中的《话题·人物》专栏，有梅新·林黛嫚题为《只有中国文学没有两岸文学》专访马悦然博士的文章。马悦然是瑞典皇家学院十八位院士中唯一懂得中文的人。一开始，马先生说明他目前是第四次访问台湾。

访谈中马教授谈了他认为诗人北岛不可能得奖。

其中有一节专谈钱锺书先生的。除此之外，马先生依次还提到老舍、巴金、李锐、高行健、钟阿城等作家。按钱先生说法，马悦然不符合身份常规，透露“诺奖”评奖内容，并不适当。但该报所刊有关钱先生的文字，钱先生很不以为然。先请看原文如下：

> 钱锺书是很有学问的人，我看过他的散文，但除了《围城》外，严格说来，他其余的著作不算是文学作品。我认识钱锺书，他不但很有学问也很自负。记得八二年我组团访问大陆，发表关于中国九〇年来研究文学的工具书，分为讨论长篇小说、短篇小说、诗、戏剧四个部分，原本还预备发表第五部分关于文学评论。我去函钱锺书，请他推荐一些优秀的作品，他说，有吗？中国有评论文学的散文吗？我没听说过，不能提供。他认为中国没有一位评论家的作品值得讨论。

中央日報 CENTRAL DAILY NEWS

中華民國八十年三月九日 星期六
夏曆辛未年一月二十三日

《話題・人物》

只有中國文學
專訪諾貝爾文學獎評選委員馬悅然博士
沒有兩岸文學

●梅新・林黛嫚／專訪整理

千種相思
●上官予

“中央日报”1991年3月9日影印件

当1992年4月5日，钱锺书先生把这张将近一年前的一整版旧报——“中央日报”影印件递我之际，曾向我谈了一段长长的话，我当晚追记摘要如下：

据钱先生说：此系造谣，马先生从未有“去函钱锺书”之事。他与马先生的接触共两次：(1)一九八〇年马先生曾赴钱府拜访，钱先生只与其谈“拉丁文”，马先生多次张口结舌，后向有关人士云，钱某用“拉丁文”将我考倒。该时马先生尚未成为“诺贝尔”评委。钱先生多次对别人谈起，他除有一个“枕头字典”外，并无汉学基础。(2)一九八二年，他在北京之际，正巧其评委聘书下，有那么三两位名人也趋之若鹜，语言所外办曾致电话钱先生，提出可否为此代钱先生送花篮一个，以表祝贺。钱先生婉谢说：可以替我贺贺，花篮之类就不必送了。后来马先生又托人提出再见钱先生，语言所人员又致电钱先生，问“马悦然先生欲见之，可否？”钱先生又以身体不好婉谢，致电者竟说：“您知道马悦然是谁吗？”钱先生应道：“马先生认得我，来过我家。”官员为之愕然，一切可以想见。此后，马先生再与钱先生无来往。大陆、台湾文学家为马先生应聘大兴波涛，后《光明日报》记者访钱先生，遂有该报载谈话文，对“诺奖”多有批评。钱先生说，此奖为“小国家出大名的好方法，除这种方法本身应得奖外，其他并不能作为评判之标准。”当然，不排除其间有好的名人，好的作品，甚至就是“马屁”之类奖者，也不失其为好的优秀之作，如1953年丘吉尔之获奖作品，可参阅四卷本《欧洲文学史》。此段公案将来或许有大白于天下之日也。不过“文人”说谎，未免有失体统。

贵明　九二年四月五日清明节

除以上概记之外，钱先生还曾说过大名马先生竟全然不知什么叫作“文学”，“拿着鞋满天下找脚穿”，让人吃惊。钱先生留言一开头便断然宣布：“中央日报”所记马先生“去函钱锺书”之事，属于“造谣”，此案大约已经审结；当然，钱先生“我没听说过”等等，一定更属“谣言”无误。至于谣言制造者，钱先生没说。

钱先生日常谈话和文字当中，对“诺奖”的非议，实际代表着他对“文学评奖”的一贯看法。任何因素也不能改变钱锺书这些看法，其中包括与朋友马悦然的见面。钱先生有一句话倒是值得留下一个纪念：现在他和马悦然是朋友，如果他们想评奖而评不上，或他们不想评而评上了，再或者马先生想评而他不配合，甚至马先生终于评上他，而他不认账，其结果都只有一个：他们再也做不成朋友了。

在一般读者心里，钱先生对“诺奖”的态度并不会让人感到意外。而钱先生从不偏执，更不拒绝对他本人精准、生动以及别致的评价。下面这一则评语是钱先生自己抄录，自己翻译的比利时非常著名的汉学家西蒙·莱斯（Simon Leys）1983年6月10日在法国《世界报》上所发议论。西氏本名李曼（Pierre Ryckmans），他曾多次来中国，受到过周恩来总理的接见。2014年8月逝世于澳洲以后，法国负责汉语教学的白乐桑总督学接受记者采访时说：“西蒙写过的东西不算很多，但影响却很大。”“他文化水平与个人眼界要比常人来得高远和广阔。”同时还有人指出西蒙先生“并不是以政治学家而是用一位文学家的身份去批评中国的政治制度”。西蒙先生来京曾见过钱先生，钱先生留下的便条原件尚在我处珍藏。

西蒙·莱斯

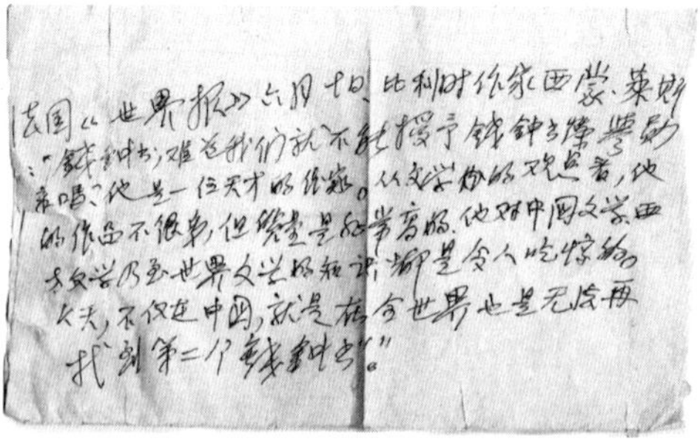

法国《世界报》六月十日，比利时作家西蒙·莱斯："钱锺书，难道我们就不能授予钱锺书荣誉勋章吗？他是一位天才的作家。从文学的观点看，他的作品不很多，但质量是非常高的。他对中国文学西方文学乃至世界文学的知识，都是令人吃惊的。今天，不仅在中国，就是在全世界也是无法再找到第二个钱锺书"。

钱先生抄录评语

法国《世界报》六月十日，比利时作家西蒙·莱斯：“钱锺书，难道我们就不能授予钱锺书荣誉勋章吗？他是一位天才的作家。从文学的观点看，他的作品不很多，但质量是非常高的。他对中国文学、西方文学乃至世界文学的知识都是令人吃惊的。今天，不仅在中国，就是在全世界也是无法再找到第二个钱锺书。”

或许这条公开的言论记录，先生本人大致认可，所以他亲自抄留给我保存。每当我怀着景仰心绪读到那些赞誉文章之后，总会听见许多推拒之辞，当然，这会让我们感知先生的谦逊胸怀。但这次他并未按照惯例断然否定，而是抄下相示。其实钱先生从来就有着深深的自信，坦坦的自负，他既诚挚而又亲切，永远挂记着你的理想和实现理想的难处，把自己“登泰山而小鲁”“开拓万古”的心胸，真切地传递给晚生求学者。这种内心响应，绝不是空穴来风。

本文只为《围城》记些琐碎事，希望能帮助年轻的读者深入了解大书《管锥编》，首先应该正确认识小说《围城》。一文论一小说，不能缺位，本文即为此而作。不料，为大编张世林先生所迫，越写越多，不可收拾。这些有关《围城》的零言碎语当中，一律不搞对号考索，尤其注重原作文本，同时尊重历来读者和评论家发表的观点和结论。

惜墨如金的钱作者认为，《围城》正式出版已经久远，中间又经历了几十年的海峡两岸禁绝，要给读者和研究者以充分的时间，大家才好对话。特别是到了 90 年代初，电视剧上市，观众并不了解作为小说的

《围城》，更不要说拿两者进行比对……需要时间，需要等待。先生每道及此，总爱提及自己的爱女钱瑗。“等会，阿圆最爱说这句话”，他学女儿的口气，“等会好吧！”

不曾料想一等三十年、四十年、五十年都已过去。

九、余话（下）

在钱先生寿诞之前的两三个月，中国社科院副秘书长杨润时询问明年如何为钱先生祝贺八十大寿，我们商定出来一个先生肯定能接受的方案：由我们俩共同精校很久未曾出版的《写在人生边上》。他正式提出应说服钱先生同意把《围城》搬上荧屏，我说："没人能攻城拔寨，我也试过几次，望风大败而逃。"杨润时先生照旧条理清晰地说："第一，《围城》其次，他的学术方才是国之大器；第二，强攻不得，需要智取。"灵光一闪，高人议论，当然高明。我说："钱先生常说他写《围城》时，生活艰难，杨季康包揽家务，几乎饿着肚子写了几个剧本《称心如意》《弄真成假》等。黄佐临导演，选中季康大作演出，票税不菲，我荣任'杨绛之夫'。深情相助，未及酬答。"杨润时先生说："妥了，城已拿下。"不久，钱先生指着我鼻子说："一定是你多嘴，黄佐临女儿黄蜀芹来了，带来他爸爸一封信，要拍《围城》。”我理亏心虚，先生又确认无疑，我暗下决心，不再多嘴泄密。

可惜，没有多少日子，我再次犯了大错。杨绛先生说：“拍电视的要来见你钱先生，钱先生已经谢绝了。”“对，有书在，自己读多好。”杨绛先生慢慢说，“是主要演员都来。”她一位一位数下去。这时我说了一句不该说的话：“他戏演得很好，他的夫人名气也大，您二老不是夸了好多年？”事情再次扭转，万幸的是，事情过后钱先生没有当面批评。《围城》电视剧大获成功，杨润时先生曾表扬我说：“是你出力，把《围城》送给中国人民大众。”这让我大出意外。

关于电视剧《围城》，在我存有的录音资料中，总共记有六次。

1.1990 年 10 月 28 日：莫尼克女士在场。

钱先生：“电视剧还拍得可以。陈道明说他没拍过这么好的戏。”“朱寨看了吗？”

2.1990 年 11 月 4 日：莫尼克女士在场。

杨先生：“电视有几处要改。一是苏小姐在自家称呼不对。二是赵辛楣给‘他们订一房间’是不对的。

李慎之发现《飘》的背景不对。”

钱先生：“我本来看都不要看，她和女儿把我按下来看。”

杨先生：“按下来看两眼，又跳起来。”

3.1990年12月9日：电视里正在放《围城》的带子。

钱先生：“昨晚的《围城》看了吗？汽车还有点像。”“他们努力，拍得还可以。”

4.1990年12月16日

钱先生：“现在总算演完了。昨天晚上三集。我不看。一看还要仔细翻书，书里埋了很多线索，对话也删得可惜。我的对话比起曹禺来不知要好多少。总体拍得算好了，谢谢他们。”

5.1991年2月24日

钱先生：“引来了《渴望》，把我救了。”

6.1991年4月7日

钱先生：“《围城》又要播了，新加坡也要演《围城》了。我还看《西游记》。”

有一个小的问题应该表述一下。文学作为我的职业，但专业却在古典，因此对红透半个天的影视不容置喙。而今仅选取相关两事姑妄言之。我认为文学是影视核心要件。影视的基石永远是文学。

其事一，经常有朋友问我，《围城》电视剧可否再拍？我综合钱杨二位先生的零言碎语，略述一二。黄蜀芹导演的《围城》电视剧，已达到高水准，沿原途再拍，肯定不易突破。而提高对原作的认识度，置文学于统领地位，首先是高精准再现《围城》全部或大部对白，辅以必要的素雅场景，简明情节，企盼可以构造新型的“文学电视”。钱先生常说：“二流的文学作品，往往容易拍成好电影好电视。”对待他老先生的“一流文学”，只能以电视衬托文学，不能用文学辅佐电视。

其事二，钱杨二位惜时如命，他们也不是不看电视，更不反对电视，只是绝不长时间连续看电视。钱先生喜欢《西游记》，小说、电视剧、动漫都看，我见他在看电视，恐怕不会有人相信，都是站在电视机前，还经常触屏指点孙大圣什么地方违背了原作者之意。然后，走到电视后面书桌落座，大笔一挥，写出一篇又一篇小文，为《西游记》鸣冤叫屈，匿名寄往上海。大编在不知情况下，目光如炬，即时上报发表。如今不知有没有钱锺书爱好者，可以协力在1985-1987年之间的《新民晚报》上寻找这些佚文。现在我们如能把这些小文辑到钱先生名下，甚至收入《钱锺书集》，多么有趣。

杨先生晚年视力下降，看书不宜过多，所以电视也看得多了一点。一个偶然的机会，她向田奕讲起看电视剧《大染坊》的好印象，田奕说："那位作者便是以钱先生为师的陈杰，钱先生把他的学习汇报信，转交栾老师，钱先生建议多给他帮助。他还帮助咱们到北京医院照顾钱先生一个多月，解决了大困难。"

我想起先生生前，曾将一位"文学青年"陈杰的十多封来信交我，言明此人乃"通"者，由我负责回复他、帮助他。我们书来信往，神交而尚未谋面。但钱先生的一个"通"字，分量畸重，因为先生评论我和我的同辈，多用"不通"从严要求。日后钱先生重病遭遇困难，陈杰自己开车来北京，送来专业护理人员。那时我进出医院也只能"翻墙"之法，约陈杰一起去见先生，他说他敢“跳墙”，但不太愿打扰钱杨二位先生。他只要求我能和他谈谈。不曾想到一谈，他拿出已相当破旧的老版《围城》，让我随便翻到一页，便开始向下背诵。浓重的山东口音以及精准的语气和表情，使人震惊。直到半个小时左右，经我多次制止，他才停下来，背诵没错误。我一下子明白，钱先生为什么唯独说他“通”呢。那天我查了他给钱先生的信，主要是涉及西方文学理论和作品的问题，信中并未提及《围城》。我把见面事告诉先生，先生说：“我害他吃苦，你应该好好帮帮孩子。”我曾询问他《围城》小说的主题立意，竟回答得似是而非。我按先生本意使其“顿悟”。后来在我建议下，陈杰开始写电视剧本《大染坊》，获得了享誉全国的好成绩。

当杨先生得知隐身陈杰的全部细节后，要来山东人民出版社出版的《大染坊》原作，老人竟一口气读完，夸赞有加，还说自己眼尖，看出了贵明的影子。杨先生应允田奕顺水推舟的请求，用毛笔郑重题写了“大染坊”书名的三个大字，并写上自己的名字加盖了图章。

杨绛先生为陈杰题字

后来她又觉得那样做会引得别人来要题字，怕惹事。她说，“书名，我给你们钱先生写，还给贵明写过，这是第三个……好吧，签名去掉。我有几点意见你可以转达陈杰：第一，写小说一定要写自己熟悉的领域，写染布，让人如临其境，作者也像个漂染大师，但不让人嫌烦，不容易。第二，人物名号一定要符合人物身份。像卢家驹的表妹，后来成了媳妇，也是大户人家小姐，‘翡翠’就是一个不能用的名字，那只是个丫头的名字，一定要改。第三，不是建议，我只是觉得这不像陈杰的第一部作品，因为手法很老练。”当陈杰再版那本书时，印了这个未署名的题名，便是杨先生所题写。可惜，陈杰根本没有机会按照杨先生的意见改正。他因病早逝，遗作多有，他没有辜负杨先生的期望，作品一部比一部好，比如《大磨坊》

《勿忘我》《早码头》等。令人意外的是，多年任国家电影艺委会主任、《电影艺术》主编王人殷女士认为，《勿忘我》是电影文学之“上品”，可谓天下英雄所见略同。杨先生的“人物姓名学”，使我们对《围城》人物命名作为“引语”，增加了许多新的感性理解。

崇拜钱杨二位先生的陈杰，机会很多，但终生并未见到钱先生，红线他只有一条：“绝不打扰。”直到钱先生逝世，他只说了一句话：“先生去了，世界从此平淡，今晨是我永远铭记的黑夜。”竟也共二十一个字，我记得一字不差，可查当年出版的《一寸千思》。

由于《围城》读者和研究者主要集中于知识阶层，故而作品引出诸多的考据和索引之作。就我个人来说，经历了六七十年代，主要是“文革”时期，不能公开研究探索《围城》，书很难见，甚至谈论亦有所不宜。我向钱先生求教这方面问题既不系统又不完整，我在本文前边的《大书出世》中，已举了一些“经解”类的问题，如“中庸”等，那无非只是断章碎简式的笔记式记载，而属于更高更大的“解经”类题目，诸如整部古籍的真伪问题，整部的像《周易》《史记》《左传》《水经注》《竹书纪年》《论语》等，更大部头的像《永乐大典》

《四库全书》《太平御览》《册府元龟》等，已为人讲授阅读内容、使用原则及方法，我均在钱先生安排的“中国古典数字工程”中记录并予实施。当时“解经”最重要的一部是《列子》，钱先生对那部早已被盖棺论定为“伪书”的结论，予以彻底的推翻。从那时开始，不论在“经解”和“解经”当中总会涉及“考据”。钱先生是“考据”大家，在五十年代他就和陈梦家先生有很深的私交，便与“考据”相关。钱先生一直认为“考据”不是目的，仅只是一种手段。与其直接相关的“版本”问题，钱先生历来有高明的见解，同时也有卓绝而简单的解决方法。因“考据”等词不宜，钱先生历来不愿将其与《围城》相联系，故而我们一直以钱先生最喜欢读的《福尔摩斯探案集》主人公作为代词称之。从我来文学所上班开始，直到离开北京医院下班为止，三十几年间，对那些谜一样的历史文学问题，总以暗语“福尔摩斯”称之。因此《围城》主题的“福尔摩斯”有时用中文有时用英文，还有时干脆以字母“H”代替。例如：

钱师如果问，“他——福尔摩斯，可以退休——？”我会反过来作“问题最后解决了”或者“不——能退休”，或者“失业了”“误传了”等，均以“H”为结尾符号。

因此，最后先生向我最明确说明《围城》主题是“人，人类，人类的困境”等，那条记录中间插入三个“H”字母。那些在“H”下亦记着：“无毛两足动物”乃转移视线之掩饰语也。这次总算是把相关的内容和秘密符号，都已交代给诸位读者了。

关于“H”之谜的最终说法，我笔记中有一节对话，清楚地在“H”下面写着：

钱先生说：“我的话，不能随意散播。”

我说：“作者本人的立意总应叫人知道。”

他说：“那当然，但不是现在。”

我说：“一旦公开，保证会增加许多说辞。”

他说：“恐怕最多是装作早已知道，不予理睬，明白不久以后，才会形成新的结论。”

我说：“这另是一种幽默。”

他说：“不，应该是‘笑话’。”显然，先生是拿话扫我，转念一想，令我忍俊不止。先把小故事记完整。

我说：“方鸿渐的笑话。”

他说：“不，钱锺书的笑话。它不属于笑话那种骤然的主观合成，而是逐渐由话语堆积而成。”其矛头非指文学，而指向沉闷无智的文学研究。

我的资料当中有一页作废表格，内容是《围城》和《管锥编》关系表，只因给钱师看过，所以有特殊意义。日期确已忘记，先生说过“不予立案”，“你又和‘H’联系”之类，我记录在案。钱先生那时忽略了，所谓“立案”“线索”之类，恰恰是冤假错案的代称。当然，否定之否定，它还应该有一点参考价值，起码可以证明我学习努力的态度。原为竖表，略作修正，今排为横式。

作品题目	围 城	管锥编
出场人物	方鸿渐	钱锺书
作品主题	人类生活困境	人类文化困境
作品分类	文艺小说	文化论述
著者身份	作家	学者
系统特征	情节弱化 加强人物思想	经典引论 貌似碎片体系
证据来源	生活社会	历史文献
表述外壳	文学——感性	哲学——理性
论述内容	具象——有情	抽象——有义
研究对象	今日——人和人类	昨日——人和人类
沟通方法	交互——融通	罗列——印证
限制范围	有限扩展	无限归纳
成果技巧	语言文字	逻辑思维
成果名称	人物表演	理论构建
成果目标	艺术化	科学化

此外，经钱先生确切记载而往往被研究者所忽略者还有一条。据《槐聚诗存》第106页有《偶见二十六年前为绛所书诗册，电谢波流，似尘如梦，复书十章》中有“荒唐满纸古为新，流俗从教幻认真。恼煞声名缘我损，无端说梦向痴人。”绝妙好诗之下自注云：“余小说《围城》出版，颇多痴人说梦者。”此记载似与“H”完全无关，但亦属于“H”之下，显然亦有大疑问待解。现今我只可依“自注”确定诗作是在《围城》出版“之后”，但又编诗于1959年栏下，题上又称“二十六年前”，当年我一定持之询师，师以手一挥曰：“H？似尘如梦。”我立刻退下，记下多出的四个字，同时逃避扣我“痴人”之帽。

最后，以上关于《围城》艺术和主题的探讨，仅仅是个开始，尚需深入。有些问题需要在本文最后特别说明。

《围城》作为《大书出世》一文起始话题，日积月累写出九段，恰合《围城》九章之制，故用以简称“九段”为题，以免在成千上万钱学研究著作里检索重出。或者可证：人类写意《围城》，《围城》镌刻人类。

钱先生三十多岁出版《围城》，六十岁写作《管锥编》，他一生中两部重要而杰出的作品，显然存在一个共同主题。对严肃主题的表述过程——主客观两类证据的推导，方式当然不同，但标志着同根所生两本大书，孕育细节处处可证，经历艰苦思索的收获，一经装入灵变的钱氏文字里，瞬息之间便可进入极高的学术和艺术境界，取得令人感佩的美学价值。

作为一名《管锥编》“出世”的在场人，事实证明，一切并不如想象那样简单，那样如意。因此，我应该把故事告诉读者，只把同一件事集中一处，不作情节构造，也应原谅我记忆的缺欠，以期独立回忆，相反相承取得共识。

不要忘记《围城》仅仅是一部奇特的小说，它离《管锥编》很近，甚至就可称之为姐妹篇。但是读者应该不会去“考据”甚至“引证”钱锺书两本书的“矛盾”，特别是用小说《围城》挑衅学术著作《管锥编》，就难免牵强附会。如果拿来《管锥编》证明小说《围城》什么，倒是能达到新鲜可口的效果。小说作为文学样式，当然不同于政治、法律、历史作品，一经完成，便可以铸定其主旨，就是小说作者也说了不算，算了不说。但是，作者对自己苦心经营的一部小说主题可能性的声明，必能引起读者极大关注。谁也不应该像红学研究那样，囿于版本的错落，而对于大量异文无可措手足，让读者读完了，糊涂。甚至糊涂其一世半生。

2014 年，一位远走西澳的同事蔡田明先生，专程北来扫叶园访，以求深入了解钱锺书。多日素心深谈，他表示对我旧存钱锺书相关资料兴趣极大。主要目的完成之后，他将战场转移向理论方面。他希望我能纠正偏重“古典数据”厚古薄今倾向，鼓动我下笔能直接面向钱锺书，不再设定不写不发表门槛。

那时，按钱锺书规划倡建“中国古典数字工程”基本完成，并转入“扫尾”阶段。同年，由新世界出版社发行了上下 6500 年的《中华史表》，同时还印行出一百多位古人的著作集，从而使我国历史上实有的太昊、炎、黄、尧、舜、禹等重要人物不再被空置，初步达到了钱锺书先生“开拓万古”的伟大目标。

想来这是自己的最后一段时期了，乘敬爱的杨先生健旺，能把得住关口，我应该向中国文化和读者负责，开始把干校前后多年听到的、记下来的，以引录

《围城》原文为本，叙说钱锺书先生相关言谈话语。编排方法应按我的理解排序，尽量使引文完整，在记录钱先生同时，希望能帮助读者方便认识《围城》这部人类伟大的文学作品。深入阅读和理解《围城》，能帮助我们了解并开始接近不易为人理解的《管锥编》。要说钱先生的大书，谁也不能绕过《围城》。

我还必须郑重声明，对这些记载的真实性我个人负责。出于这些想法，于是有可能利用“边角”时间，得以再着手整理《管锥编》诞生逸闻之《大书出世》草稿。倡议者不断施压，受逼人不能违逆不化，试试也罢，先由《大书出世》中抽出这些有关《围城》的内容，或许可以争取读者帮助，为我找到不再写下去之理由，以乞停止劳作，苟享晚逸之期。

本书得到孙立川、陆文虎、许德政诸先生教益，敬谢不一。

2017年夏于扫叶园